Litt Leweir

Brook Steinberg

www.littleweir-texte.de

Litt Leweir

Brook Steinberg

Roman

Druck: LIBRI Hamburg (Books on Demand)

ISBN 3-89811-380-9

http://www.littleweir-texte.de
autorin@littleweir-texte.de

Für WOLKE, ohne die dieses Buch

nie so hätte enden können.

Kapitel 1: Joanna Bach

1

Sandbau, Steinberg & Wassertrum. Detektei und Auskunftei. Diskrete Beobachtungen und Ermittlungen. Ehe- und Partnerschaftsprobleme. Unterhaltsangelegenheiten. Schwarzarbeit. Zeitdiebstahl. Vorgetäuschte Krankheit ... und, ach ja, natürlich, Suche nach Zeugen und verschwundenen Personen. Natürlich nur nach solchen, bei denen es noch nicht an der Zeit ist zu verschwinden. Darüber, ob überhaupt Leute verschwinden sollten, sind Steinberg und Sandbau geteilter Meinung.

Die Detektei Sandbau, Steinberg & N.N. sucht eine neue Mitarbeiterin.

Wassertrum hat sich sehr verändert im Laufe der Zeit. Sie wurde immer stiller, immer verbitterter und misstrauischer. Am Ende war sie nur noch darauf bedacht, Sandbau nicht in Wut zu bringen. Anfangs waren Steinberg und Wassertrum miteinander befreundet. Wassertrum hat Steinberg ein paarmal gezeichnet. Aber Sandbau war eifersüchtig, sowohl auf Steinberg als auch auf Wassertrums Begabung. Wassertrum hat aufgehört zu zeichnen, Wassertrum hat aufgehört, sich mit anderen Frauen zu verabreden, Wassertrum hat aufgehört zu lachen. Wassertrum wurde krank. Wassertrum ist nicht mehr. Lungenkrebs.

„Sie wäre über kurz oder lang ohnehin krepiert. Unter großen Schmerzen. So bleibt ihr das wenigstens erspart", ist alles, was Sandbau dazu zu sagen hat. Nach sechs Jahren!

Die junge Frau, die Wassertrums Platz einnehmen will, sagt nichts mehr. Sie starrt auf den Brieföffner, mit dem Sandbau den Rest Kuchen im Aluminiumbehälter auf dem Schreibtisch ersticht. Sie findet keine Worte oder spürt vielleicht, dass es hier besser ist zu schweigen. Jedes Wort könnte ihre Lage nur verschlimmern. Sie tut Steinberg leid. Sie ist nicht viel älter als zwanzig. Langes strähniges Haar. Ein pickeliges Gesicht. Sie sieht erschöpft aus.

Vielleicht sollte Steinberg ihr einen Kaffee anbieten? Vielleicht sollte Steinberg sich einfach über Sandbaus erbarmungsloses Schweigen hinwegsetzen. Aber sie hatte heute schon genug Ärger mit Sandbau. Sandbau ist nie zufrieden. Zumindest ist es Steinberg noch nie gelungen, sie zufrieden zu stellen. Der Teufel muss Steinberg geritten haben, als sie vor fünf Jahren ihr bisschen Geld mit dem vielen von Sandbau zusammengeschmissen und diese Detektei gegründet hat. Wahrscheinlich hat sie es nur wegen Wassertrum getan. Sie konnte doch Sandbau schon damals nicht leiden. Und jetzt? Reden wir lieber nicht von jetzt.

Scheiße! Da ist wieder dieses Stechen in der Magengegend. Vielleicht sollte Steinberg doch noch etwas essen. Sie hat heute noch nicht gefrühstückt. Mit Absicht, denn sie hat gestern zuviel gegessen, und ihr war heute morgen schlecht. Jetzt spürt sie Hunger und dieses Stechen, das in letzter Zeit öfter plötzlich da ist und ebenso plötzlich wieder verschwindet.

Steinbergs Gedanken kehren, den Schmerz im Magen beiseite lassend, zurück nach draußen und zur Gegenwart. Scheint sich nichts getan zu haben. Die junge Frau sitzt noch immer vor dem Schreibtisch und ihre Hände zittern wie vorher auch. Die Aktenordner stehen noch immer fein säuberlich und nach Jahren sortiert auf den weißen Regalen vor einer noch weißeren Wand. Auch die Yucca auf dem rosa Fensterbrett hat ihren Platz nicht verlassen. Nur Sandbau hat die muskulösen Beine in der grünen Jogginghose inzwischen übereinandergeschlagen. Die blütenweißen Sportboots stechen ins Auge. Der Mord am Kuchen geht weiter. Sandbau schweigt eisern.

„Willst du vielleicht einen Kaffee?"
„Danke!", sagt die junge Frau leise, als Steinberg die Tasse vor sie hinstellt.
„Und ein Stück Kuchen?"

2

Steinberg kommt wieder einmal eine halbe Stunde zu spät ins Büro. *Sandbau & Partnerinnen, Agentur für diskrete Ermittlungen GmbH* steht auf dem Schild neben der frisch gestrichenen Eingangstür. Hellblau. Die Eingangstür. Das Schild ist metallic, irgendetwas Grünliches, die Farbe der Buchstaben kann Steinberg nicht benennen. Mit Farben kennt sie sich kaum aus. Das hat Sandbau immer beklagt. Eine gute Detektivin muss exakt beschreiben können. Steinberg hat notgedrungen ihr Farbenvokabular um ein paar Begriffe erweitert, sie kann nun pink von flieder unterscheiden. Auch mint ist ihr inzwischen ein Begriff. Obwohl – so ganz sicher ist sie sich dabei nie. Klingt aber doch ganz gut: anthrazitfarbene Buchstaben auf mintmetallicfarbenem Grund. Wie niedlich, das passt so gut zur fäulnisfarbenen Fassade und den frisch kotzfarben gestrichenen Fensterrahmen!

Schober heute in beigen Hosen und einer fliederfarbenen Strickjacke und mit nur wenig Gel im Haar, es klebt heute nicht so fest an der Kopfhaut wie sonst. Und die Brille heute: schlichtes orange. Könnte auch aprikose sein. Eigentlich ist Schober ganz nett. Sie begrüßt Steinberg mit einem freundlichen „Hallo!" wie jeden Morgen und bietet ihr an, einen Kaffee für sie mit zu kochen.

Schober hat einen Job für Steinberg, das heißt eigentlich hat Sandbau einen Job für Steinberg, aber Sandbau ist seit acht unterwegs.

„Wo? Irgendwo? Frag mich nicht!", antwortet Schober.

Steinberg soll eine Frau beschatten. Wozu? Warum?

„Keine Ahnung. Die Chefin hatte keine Zeit mehr, es mir zu erklären ... Und vergiss die Kamera nicht!"

9:25 Ich sitze im Wagen vor dem Haus Nr. -- in der -straße. Es handelt sich um ein dreistöckiges mit Efeu behangenes Haus mit großen Terrassen und einem Garten auf dem Dach. Die pflanzen hier sogar Tomaten und Kürbisse. Biologisch-dynamischer Anbau. Wahrscheinlich für den Ökoladen im

Parterre. VOLLMOND-NATURKOST. *Große goudafarbene Buchstaben auf marineblauem Grund. Ganz oben ein Fitnessstudio.* **SUNSHINE.** *Eine riesige gelbe Spinne klebt an einem der Fenster zwischen den Buchstaben* **SUN** *auf dem Fenster links davon und dem Wort* **SHINE** *auf dem Fenster rechts davon. Die Farbe? Erinnert mich an meinen Spüllappen. Genau! So eine Art gelb. Spüllappengelb. Die haben ihre Trimmgeräte sogar auf der Dachterrasse und rackern sich ab an der mausgrauen Luft. Und sonst? – tut sich hier nichts. Das zu beobachtende Objekt hat sich noch nicht sehen lassen. Dafür hab ich was anderes entdeckt: diese Bach, die sich neulich bei uns vorgestellt hat, steht an der Ecke und starrt zu mir rüber. (Anmerkung von Sandbau: Mensch, Steinberg, du nervst! Konzentrier dich auf das Wesentliche!)*

10:15 Das zu beobachtende Objekt kommt aus dem Haus und steigt in ihr kleines silbermetallicfarbenes Auto. Sieht aus wie Plastik. Die Frau, nicht das Auto. Frisch und so lebensecht. Fleischfarben! Die Metzgerei, an der ich jeden Morgen vorbeigehe, hatte heute morgen Hähnchen in der Auslage ... (A. v. S.: Ich bring dich um, Steinberg!)

Bach ist immer noch da. Beobachtet Steinberg. Hat ja Zeit? Hat bestimmt keinen Job. So, wie die aussieht, hat sie nicht mal eine Wohnung.

10:20 Ich folge dem fleischfarbenen Objekt mit dem Auto. Es hält zwei Straßen weiter, steigt aus dem Auto und betritt den Supermarkt ... Ich warte ...

Da! Ist sie das nicht wieder? Diese Bach! Wie hat sie mich wieder gefunden? Sie konnte mir nicht folgen. Sie hat doch keinen Wagen, oder? Verdammt! Wo ist das Auto? Und die Fleischfarbe ist auch verschwunden.

Sandbau tobt. Sandbau zieht Erkundigungen ein über diese Bach: Joanna Bach. 22 Jahre alt. Studium der Geschichte nach drei Semestern abgebrochen. Vor einem Jahr als Botin angefangen. Vor zwei Monaten rausgeflogen. Ständig zu spät gekommen. Ein scharfer Blick von Sandbau. Hat zweimal Unterlagen verloren ...

„Unterlagen verloren?"

„Wichtige Unterlagen, die sie zustellen sollte. Wurde vor zwei Wochen aus ihrer Wohnung geworfen. Mietrückstand. Keine Ahnung, wie sie zurechtkommt. Na ja, sie hat noch Eltern."

Steinberg bleibt bis auf weiteres im Innendienst. Die Sekretärin ist ohnehin krank. Es gibt eine Menge zu tun. Außerdem muss wieder einmal entrümpelt und gründlich sauber gemacht werden. Die Putzfrau kommt schließlich nur zwei Stunden die Woche.

Als Steinberg am Abend ihre Lieblingskneipe betritt, um sich zu betrinken, bleibt Bach kurz davor stehen und schaut durch das Fenster herein. Ihre zerschlissene Wildlederhose hat die Farbe von – Katzenscheiße.

3

Steinberg ist schon im Schlafanzug, als es an ihrer Wohnungstür klingelt. Sie zieht ihren langen grauen Bademantel an und öffnet die Tür.

„Hi", sagt die Frau vor der Wohnungstür.
„Hallo", antwortet Steinberg.
Die Frau sagt nichts.
Steinberg räuspert sich.
„Ich möchte nicht stören?"

Das sagt Bach später noch einmal, nachdem Steinberg ihr ein heißes Bad eingelassen, einen Tee gekocht und eine Dose Ravioli aufgewärmt hat.

Und dann fragt sie: „Hast du Angst vor mir?"
Steinberg zögert: „Sollte ich?"
„Hast du?"
„Vielleicht."

„Stör ich dich?“
„Nein?“
„Wirklich nicht?“
„Nein. Wirklich nicht.“
„Ich kann auch wieder gehen?“
„Seh ich aus wie eine Lügnerin?“
„Wieso? Ist das zu sehen, wenn eine lügt?“
„Ja. – Hm. Vielleicht störst du mich doch.“
„Soll ich gehen?“

Brook schüttelt den Kopf. „Willst du noch Tee? Wenn du lesen willst, such dir ein Buch aus. Oder willst du lieber Musik hören? Du kannst auch beides. Auf dem Vertiko liegen Schokoladenkekse, nimm dir, wenn du magst. Und Saft ist auch da. Magst du Traubensaft? Tut mir echt leid, dass ich heute nichts Besseres da hatte als diese Ravioli ...“

Joanna Bach schläft in einem Schlafsack auf dem Fußboden vor dem großen Bücherregal, das die ganze Wand des kleinen Zimmers ausfüllt. Steinberg kann nicht schlafen. Es dreht sich alles in ihrem Kopf. Vom zu vielen Bier und von zu vielen Gedanken. Sie versucht es eine Weile, doch dann steht sie auf und kocht sich einen Kakao.

„Kannst du auch nicht schlafen?“
Brook Steinberg zuckt zusammen und lässt ihre Tasse fallen. Sie zerbricht und Kakao ergießt sich über den Küchenfußboden.
„Du hast also doch Angst vor mir?“
„Ich glaube, ich fürchte mich am meisten davor, eines Tages mich selbst durch die Tür kommen zu sehen.“
„So schrecklich siehst du gar nicht aus ... Sieh mich an!“
„Ich mag, wie du aussiehst.“ Steinberg spricht leise, sieht nicht so aus, als hätte Bach sie richtig verstanden.
„Ich mag, wie du aussiehst ... Etwas erschöpft vielleicht ...“, wiederholt Steinberg.
„Hast du schlecht geträumt, oder konntest du gar nicht erst einschlafen?“, fragt Bach.

„Ich fang nachts immer an, an Gespenster zu glauben. Tagsüber nie", antwortet Steinberg.

„Ich glaub sogar tagsüber an viel unglaublichere Dinge als an Gespenster."

Steinberg blickt auf die braune Lache auf dem Küchenfußboden und schweigt.

„Du, woran kannst du denn erkennen, dass eine lügt?", bricht Bach das Schweigen.

„An der Farbe der Worte."

„An der Farbe der Worte?"

„Und an der Form. Die Wahrheit hat verschiedene Farben und Formen. Manchmal besteht sie aus rosa Dreiecken, ein andermal aus blauen Quadraten oder aus kleinen grauen Fischen oder schwarzen Wolken. Aber Lügen sind immer grün."

„Grün?"

„Mintgrün. Transparente mintgrüne Kugeln. In verschiedenen Größen. Je nachdem, wie groß die Lüge ist. Siehst du sie nicht?"

Steinberg sieht Bach direkt in die Augen und grinst. Dabei ist ihr Grinsen so breit wie der Flur lang ist. Dann fängt Bach an zu lachen.

4

Sandbau ist der Meinung, diese Bach muss im Auge behalten werden. Sandbau denkt, diese Bach führt etwas im Schilde. Sandbau ist sich sicher, diese Bach ist gefährlich. Sandbau will, dass Steinberg diese Bach im Auge behält. Diese Bach – Gesprächsthema des Morgens.

„Diese Bach will etwas von dir!" Schober ist heute besonders clever.

Was könnte diese Bach schon im Schilde führen? Was ist an dieser Bach schon Gefährliches? Steinberg hätte gar nicht erst erzählen sollen, dass Bach jetzt öfter mal bei ihr übernachtet. Vielleicht hat diese Bach einfach nur Hunger und braucht ein warmes Zimmer.

„Vielleicht ist diese Bach einfach nur an meinen Kochkünsten interessiert."

„An Ravioli aus der Dose?"

„Da hatte ich nur nichts anderes da. Meistens koche ich selbst."

„Meistens isst du auch selbst. Übrigens – Sandbau will, dass du die Klotür noch mal streichst." Schober beißt in ihren Apfel.

„Vielleicht hat sie sich ja in mich verliebt."

„Sandbau? Nein, die alte Farbe schimmert durch. Außerdem ist das Klo noch nicht richtig sauber. Da ist noch immer dieser eklige braune Rand."

„Was soll ich nur mit ihr machen, wenn sie sich in mich verliebt hat? Ich mag sie ja ganz gerne, aber ..."

„Ich glaube, da brauchst du dir wirklich keine Sorgen zu machen."

„Und wieso nicht?"

„Na ja ..."

Das Telefon klingelt. Schober nimmt ab. „Für dich." Sie reicht Steinberg den Hörer. „Deine Mutter."

Als Brook Steinberg an diesem Abend nach Hause kommt, liegt Joanna noch immer im Bett. Brook legt ihren Mantel über einen Stuhl und setzt sich auf die Bettkante.

„Bist du krank?"

„Ich hab den ganzen Tag überlegt, weil – ich muss dir etwas sagen."

Das ist es also, was diese Bach von Steinberg will. Sie hat sich mit einer alten Frau angefreundet, einer Nachbarin. Die alte Frau ist verschwunden und Joanna hat sich in den Kopf gesetzt, sie wiederzufinden. Natürlich völlig unmöglich. Mit Sicherheit gibt es sie nicht mehr.

„Aber vielleicht lebt sie ja doch noch. Es gibt eine winzige Chance."

„Sie werden abgeholt und bestimmt gleich umgebracht."

Abgeholt? Wann werden sie abgeholt? Nachts? Heimlich? Brook Steinberg hat noch nie gesehen, wie eine abgeholt wurde. Und wo werden sie hingebracht? Wie sterben sie? Sterben?

„Dein Großvater ist gestorben? Wirklich so richtig gestorben?" fragt Joanna.

„An Lungenentzündung", antwortet Brook.

„Im Krankenhaus?"

„Ja."

Brook kommen die Tränen. Wunderbar erleichternde Tränen. So leicht hat sich Brook Steinberg schon lange nicht mehr gefühlt. Leicht vom Augenblick an, als Schober ihr den Telefonhörer reicht, sogar schon bevor sie ihre Mutter sagen hört: „Opa ist gestorben. Kannst du kommen? Oma will unbedingt, dass du zur Beerdigung kommst ..."

Beerdigung?

„Morgen schon?", fragt Joanna.

„Um elf geht mein Flugzeug."

„Hat die Chefin dir denn freigegeben?"

„Nein." Großvater gestorben! Wo gibt's denn so was!

„Musst du denn wirklich weg, Brook?"

„Ja."

„Wie schrecklich!"

„Ich hab gestern noch Schlüssel für dich nachmachen lassen. – Kannst du meine Blumen gießen? Und die Kater füttern?"

Joanna nimmt Brooks Hand. „Das ist bestimmt ganz einsam hier ohne dich", sagt sie und küsst Brook auf die Wange.

„Aber ich komme doch zurück", sagt Brook und lächelt, „Ich komm ganz bestimmt zurück."

5

Brook Steinberg ist zurück. Sie sitzt vor dem Fernseher, eine Schachtel Schokoladenkekse vor sich auf dem Schoß. „Du hast meine Pflanzen fast ertränkt, Joe." Sie lacht.

Zaghaft hat Joanna Bach die Tür geöffnet.

„Kann ich reinkommen?"

Im Fernsehen läuft Biathlon. Joanna Bach setzt sich zu Brook Steinberg aufs Sofa.

„Geht's dir nicht gut? Hast du geweint?"

„Ich hab heute auf der Straße einen Jungen getroffen, den wollten sie umbringen. Aber er konnte abhauen. Er kennt eine Gruppe von Leuten, die helfen denen, die umgebracht werden sollen, abzuhauen. Der Junge hat mir ein Buch gegeben, das ich unbedingt lesen soll. Aber ich kann mich nicht darauf konzentrieren. Es macht mir Angst, mich mit solchen Dingen zu beschäftigen."
„Was für ein Buch ist das denn?"
„Eins über das Verschwinden."
„Und was ist das für ein Junge, von dem du es hast?"
„Er ist krank. Er wird bald sterben. Aber er will nicht verschwinden. Er sammelt auf der Straße Leute zusammen, die ihm und seinen Leuten helfen, gegen das Verschwinden zu kämpfen. Sie wohnen in einer alten Bäckerei. Ich glaub', da werd ich auch hingehen.
„Oh. Schade." Brook ist traurig. Sie hat sich doch grade erst an Joanna gewöhnt.
„Aber ich muss ihn ja erst wieder finden."

Brook Steinberg denkt nach.
„Wir können ja später noch ein Bier trinken gehen. Und überlegen, wie wir es anstellen können, den Jungen wiederzufinden. Und in der Zwischenzeit beschäftigst du dich mit dem Buch. Vielleicht kannst du dich ja besser konzentrieren, wenn du weißt, dass du später noch etwas unternimmst?"

Als Joanna Bach und Brook Steinberg zusammen in der U-Bahn stehen, verliert Joanna das Gleichgewicht und legt, um sich abzustützen, eine Hand auf Brooks Arm. Ganz kurz nur. In diesem Moment kommt Brook Steinberg zum ersten Mal der Gedanke, mit Joanna Bach zu schlafen.

6

„Soll ich dir die Haare schneiden?" fragt Joanna, als Brook erwähnt, dass sie mal wieder zu ihrer Friseurin muss.

Der Punkt auf Brooks Arm hat sich plötzlich verwandelt, scheint lebendig geworden zu sein, sendet Strahlen durch Brooks ganzen Körper. Und Gräben öffnen sich auf Brooks Haut und werden zu Wegen, erschließen ein bisher unerreichbar geglaubtes Land. Für einen Augenblick ist es möglich, jeden Ort zu erreichen. Dann kehrt die Angst zurück. Denn in diesem Land lebt auch das Ungeheuer und ist auf einmal genauso nah wie dieser wohlige Punkt auf Brooks Arm.

Die Straße entlang gehen. Im Dunkeln. Den Biergeschmack im Mund. Joanna geht ganz nah bei Brook. Macht sie das absichtlich? Ihre Arme berühren sich immer wieder und ein paarmal rempeln sie sich an. Brook kommt fast ins Trudeln, doch sie weicht nicht aus. Hat sie es sich jetzt überlegt? Will sie es jetzt wirklich riskieren? Was kann schon passieren?

Eine Katze schleicht Brook um den Kopf mit Krallen aus Schere und Kamm. Und sie wühlt und frisst sich durch ihr Haar. Eine Katze? Ist es nicht doch Joanna? Joanna Bach?

Brook Steinberg liegt im Bett und lauscht. Nur das Geräusch der Dusche. Ein breiiges Gefühl in den Gelenken. Ein merkwürdiges Ziehen im Magen. Herzklopfen.

Erst jetzt setzt sie an, beugt sich nach vorne, berührt prüfend Brooks Haar. Nimmt hier und da eine Strähne in die Hand und betrachtet sie sich näher. Sie trägt wieder ihr Baumwollhemd bis zum dritten Knopf offen und kein T-Shirt darunter.

Jetzt hat Joanna das Wasser abgestellt, Brook hört es. Sie steigt aus der Wanne, trocknet sich ab und zieht sich den Bademantel an. Dann verlässt sie das Badezimmer, geht durch den Flur in ihr Zimmer und schließt die Tür.

Joannas Atem fühlt sich an Brooks Ohr an wie ein starker Wind. Selbst die Haarspitze, die nur ganz leicht Brooks Stirn berührt, ist bis in die Zehenspitzen zu spüren. Boden und Stuhl sind Teil von Brooks Körper geworden. Sie spürt ganz deutlich jeden von Joannas Schritten und das leichteste Streifen am Stuhl.

Brook Steinberg klopft an Joannas Zimmertür und steht dann schweigend im Rahmen. Die Furcht liegt ihr wie Beton im Magen. Und bei jeder Bewegung würden die Gelenke laut knirschen. Doch sie bewegt sich nicht. Und sagt nichts. Steht nur da und schweigt.

Erst jetzt beginnt das richtige Wühlen und Schneiden. Strähne um Strähne landet auf dem Küchenfußboden. Brook Steinberg schließt die Augen und atmet ihn tief ein, Joannas typischen Geruch nach ... – nach Joanna eben.

Joanna Bach sitzt im Bademantel auf einem Stuhl. Brook weiß nicht, wie sie es schafft zu ihr hinzugehen. Aber es scheint noch einfacher zu sein, sich zu bewegen als zu sprechen. Sich hinzuknien, die Schlaufe von Joannas Bademantel zu öffnen. Sich an sie zu pressen. Ihren Hals, ihren Mund zu küssen.
Und nichts zu fühlen.

7

Allein im Büro. Schober hat einen neuen Fall. Sandbau ist immer noch mit einem alten beschäftigt. Steinberg hat Schreibarbeiten zu erledigen. Rechnungen. Briefe. Einen Bericht über ihren letzten Auftrag, Bach. So war Joanna Bach also nichts weiter als ihr letzter Auftrag?

Die Zigarette in der Hand, den kleinen Finger auf den Rand der Kaffeetasse gelegt, starrt Brook Steinberg auf den leeren Bildschirm. Schwarz. Nur der fordernd blinkende Cursor. So mag es Steinberg am liebsten.

Brook gähnt. Sie fühlt sich müde. Sauerstoffmangel? Sie steht auf, geht zum Fenster und öffnet es. Noch eine Zigarette vielleicht und einen Kaffee? Am Fenster stehen, die kalte Zigarette im Mund. Was hat Joanna noch mal gesagt, bevor sie weggegangen ist? Ach ja, sie hat gesagt: „Vergiss mich. Ich hab nur mit dir geschlafen, weil ich hoffte, du würdest mir helfen, die alte Frau zu finden. Also, vergiss mich, ich bin es nicht wert, dass du meinetwegen weinst. Ich bin ein Schwein, ich bin Dreck ...“

Wieder zurück zum Monitor. Die Zigarette endlich anzünden. Endlich mit der Arbeit beginnen.

„Ich muss mit dir reden!“ Joanna. Zwei Tage, nachdem sie zum ersten Mal miteinander geschlafen haben. Sie druckst eine Weile herum, dann sagt sie: „Mir scheint, dir hat das mehr bedeutet als mir.“
„Nein, das glaube ich nicht. Ich hab dir gesagt, dass ich auch Angst habe, dass es zu eng wird, wo wir doch jetzt praktisch zusammenleben ...“

Irgendwie hat es doch weh getan, was Joanna gesagt hat, doch Brook hat es weggesteckt, sich damit abgefunden, dass es eben wieder nur für eine Nacht war. Hat sie sich wirklich abgefunden? Jedenfalls hat sie nichts mehr erwartet, als Joanna zwei Tage später wieder an ihre Zimmertür klopft, sich neben sie aufs Bett setzt und anfängt zu erzählen, wie schlecht es ihr wieder geht und wie furchtbar doch alles ist.

Der Fernseher läuft. Ein Horrorfilm, den Brook sich eigentlich ansehen will. Aber jetzt streichelt sie Joannas Haar. Immer noch, ohne irgendetwas zu erwarten, und ist überrascht, als Joanna ihre Zärtlichkeit erwidert, mehr noch, jetzt küsst sie sogar Brooks Hals, ihr Gesicht, streichelt ihren Rücken. Es spielt keine Rolle mehr, was gerade im Fernsehen läuft, es spielt keine Rolle, was Brook morgen noch alles bevorstehen wird, es spielt keine Rolle, dass es heute wieder Ärger mit Sandbau gab. Es gibt nur noch dieses Haar, diese Haut, diese streichelnden Hände, diese Wärme ...

Als sie dann nackt im Bett liegen und sich berühren, ist der Zauber vorbei und die Erwartung hat sich wie eine Glasscheibe zwischen Brooks Haut und Joannas Hände geschoben.

Steinberg steht vor dem Bürokühlschrank und nimmt sich ein Stück Torte heraus. Sie holt eine Gabel aus dem Besteckkasten, setzt sich an den Schreibtisch und beginnt, das Stück Torte zu essen. Dann zündet sie sich noch eine Zigarette an und setzt sich wieder an den Rechner. Jetzt könnte sie doch noch einen Kaffee vertragen. Die Kaffeemaschine steht neben dem Kühlschrank. Während Brook den Kaffee aufsetzt, spürt sie die Gier nach einem zweiten Stück Torte. Das Wasser läuft ihr im Mund zusammen. Sie erinnert sich ganz deutlich an den herrlichen Geschmack der Torte und wie sie sich angefühlt hat im Mund, so weich und cremig, so angenehm.

Vielleicht sollte sie für die nächsten Wochen einen Diätplan entwerfen. Nur Quark und Obst vielleicht. Über dem Waschbecken hängt ein Spiegel. Sie sieht so hässlich aus, ihr Gesicht so aufgequollen. Und ihre Hose ist viel enger geworden. Sie drückt und spannt, furchtbar unangenehm. Kein Wunder, dass Joanna ... Quatsch!

Wenn sie morgen mit der Diät anfängt, dann kann sie doch jetzt noch ein Stück Torte essen. Nein! Sie fühlt sich schon jetzt so furchtbar satt. Ihr ist fast schon übel ...
Dieser verdammte gähnend leere Monitor! Diese verdammte Torte im Kühlschrank! Nur weil Schober gestern Geburtstag hatte. Nach dem zweiten Stück Torte ist Brook schlecht. Der blinkende Cursor auf dem Monitor macht sie wütend. Ihre eigene Unbeherrschtheit ärgert sie. Sie hat Magenschmerzen. Es gibt nur eine Rettung.

Bevor sie zur Kloschüssel geht, schaut sie noch einmal in den Spiegel auf dieses hässliche, aufgequollene Gesicht. Dann nimmt sie ihre Brille ab, zieht den Pullover aus und beugt sich über die Kloschüssel. Sie steckt sich zwei Finger in den Hals, Zeige- und Mittelfinger der rechten Hand. Sie hat die Erfahrung gemacht, dass es so besser geht als nur mit einem Finger. Aber es geht nicht. Sie würgt ein paarmal, spürt den leichten Schmerz in der Brust, aber es kommt nichts. Am besten noch etwas trinken. Sie geht zum Waschbecken und trinkt ein paar Schluck Wasser. Dabei vermeidet sie es, wieder in den Spiegel zu schauen. Doch sie muss einen Augenblick warten, also geht sie zum Fenster und schaut auf die Straße. Es hat wieder angefangen zu regnen. Dann ein erneuter Versuch. Diesmal klappt es. Steinberg wäscht sich die Hände und das Gesicht, spült den Mund aus. Bevor sie spült, wischt sie mit Klopapier den Rand der Toilettenschüssel wieder sauber. Dann wäscht sie sich noch einmal Hände und Gesicht und verweilt vor dem Spiegel. Ihr Gesicht erscheint ihr jetzt viel schmaler, vielleicht sogar hübsch mit den Spuren der Erschöpfung, den glasigen rötlichen Augen, den schwarzen Schatten, den paar Fältchen und dem weichen Mund. Sie zieht den Pullover wieder an, setzt die Brille auf und geht zurück zum Monitor.

Eine Weile sitzt sie da, trinkt einen Schluck Kaffee und starrt vor sich hin. Ihr Hals fühlt sich wund an. Angenehm wund.

Hat Joanna das wirklich gesagt?
„Ich hab ja schon was befürchtet, aber, naja ... Es gibt nichts, was ich im Moment weniger brauchen kann. Tut mir wirklich leid, Brook. Ich muss die alte Frau finden, verstehst du, und dazu brauch ich meine ganze Kraft und kann mich nicht auch noch um dich kümmern ... Du erwartest einfach zu viel von mir, Brook ...“

Brook Steinberg hatte einen schlechten Tag. Sie hat geweint. Fünf leere Bierdosen stehen auf dem Hocker neben dem Bett, als Joanna nach Hause kommt. Brook erzählt ihr von ihrem Streit mit Sandbau. Sandbau möchte, dass Brook das Auto in Zukunft nicht mehr fährt.
„Du solltest dir nicht alles gefallen lassen, Brook. Das Auto gehört genauso dir. Überhaupt gehört die Detektei nicht Sandarsch alleine, oder? Du hast genauso viel zu sagen wie sie.“

Sandarsch. Irgendwann hat Joanna angefangen, Sandbau so zu nennen.
„Ich hatte einen Unfall. Beim Einparken. Eine Beule. Das Auto ist in der Werkstatt.“
„Trotzdem solltest du morgen mit Sandarsch reden und ihr den Kopf zurechtrücken – finde ich!“
„Ich kann nicht. Ich habe Angst.“

„Mensch Frau!" Joanna klingt genervt. Sie tritt gegen den Schrank.

„Ich kann das jetzt nicht brauchen, wirklich nicht", sagt sie schließlich, nimmt ihre Jacke und die Schlüssel und geht.

Nach einer Stunde kommt sie wieder, aber nur um ihre paar Sachen zu holen, die Schlüssel dazulassen und ganz zu gehen.

Brook Steinberg fängt an, leise vor sich hin zu weinen. Als sie wieder ruhiger geworden ist, nimmt sie einen Stift und schreibt: „Ich fühle mich nicht wohl. Bin nach Hause gegangen. Erledige die Schreibarbeiten morgen. BS."

Kapitel 2:   Falling from Grace

1

Eine Welt, in der die Menschen nicht mehr sterben, sondern verschwinden. Eine Exbotin namens Joanna Bach, die sich in eine verschwundene alte Frau verliebt hat und sie wiederfinden will. Deswegen beschließt sie, Detektivin zu werden. Und natürlich auch, weil sie zu viele Fragen gestellt, darüber ihre Arbeit als Botin vernachlässigt hat und deswegen entlassen worden ist.

Eine Detektei Sandbau, Schober und Steinberg. Eine Detektivin namens Brook Steinberg, die sich gar nicht erst durchzusetzen versucht gegen eine andere Detektivin namens Sandbau, die aber Joanna Bach immerhin freundlich behandelt, weswegen Joanna Bach ihr nachspioniert und sich schließlich mit ihr anfreundet.

Eine verschwundene Joanna Bach ...

Brook Steinberg findet selbst fast nicht mehr den Weg aus dem Gesundheitsamt. Das Gesundheitsamt mit den türkisgekachelten Wänden, den Plastikschreibtischen, den Gummibäumen neben den hölzernen Wartestühlen. Den Gesundheitsbeamtinnen mit dem begelten Haar und den studierten spiegelglatten Zungen, die für nichts zuständig sind, weil wir alle beschlossen haben, dass geschehen soll, was geschieht, und es geschieht, ohne dass sich irgendeine finden lässt, die es tut. Nein, es geschieht gar nichts. Es geschieht nie etwas. Und doch ist ständig etwas geschehen. Joanna verschwindet nicht. Sie ist verschwunden. Und auch das ist ja nur eine Vermutung: Joanna ist ganz schlicht und einfach nicht mehr da, wo Brook ist. Und zwischen ihrem Dasein und ihrem Nicht-mehr-Dasein tut sich ein Abgrund auf.

Das Gesundheitsamt hat wirklich nichts damit zu tun.

„Kann sein, dass sich eine Joanna Bach hier nach einer alten Frau erkundigt hat. Kann aber auch sein, dass nicht. Wir wissen es nicht. Wir sind nur dazu da festzustellen, ob und wie sehr jemand krank ist. Was weiter mit den Leuten geschieht, damit haben wir nichts zu tun.“

Das Finanzamt hat nichts damit zu tun. „Wir lassen nur Gutachten darüber erstellen, inwieweit es sich finanziell lohnt, jemanden am Leben zu halten. Entscheidungen treffen wir nicht.“

Das Einwohnermeldeamt hat nichts damit zu tun. „Wir speichern nur die Daten unserer Einwohnerinnen und löschen sie, wenn sie aufgehört haben zu existieren. Joanna Bach. Nein. Kennen wir nicht. Gibt es nicht.

Hat es nie gegeben?

2

„Sandbau, ich brauche das Auto!“
„Du willst sie also tatsächlich suchen gehen, Steinberg?“
„Nein, wo sollte ich sie schon suchen gehen? Vielleicht ist es sogar besser, wenn ich sie eine Weile nicht mehr sehe.“
„Du wirst sie nie wieder sehen.“
„Ach, sie ist ja nicht krank.“
„War sie nicht?“
„Nein, ist sie nicht. Gibst du mir nun die Autoschlüssel?“
„Nein.“
„Der Wagen gehört zur Hälfte mir.“
„Du bist entlassen, Steinberg!“
„Du kannst mich nicht entlassen, Sandbau. Auch diese Detektei gehört zum Teil mir.“
„Du taugst nicht für diesen Beruf. Du taugst nicht für das Leben.“
„Gib mir die Autoschlüssel!“
„Wir haben das Schloss auswechseln lassen.“
„Vom Auto?“

„Nein, von diesem Büro. Es läuft jetzt alles auf meinen Namen. Die alten Papiere gibt es nicht mehr. Schober ist jetzt meine Partnerin."

Schober steht an der Tür, die Hände in die Hüften gestemmt. Sandbau packt Steinberg an den Schultern und schiebt sie zur Tür.

3

Meistens steht der Wagen direkt vor dem Büro. Sandbau wohnt um die Ecke. Und in Schobers Schreibtischschublade befinden sich die Ersatzschlüssel. Eine Alarmanlage gibt es zum Glück nicht. Steinberg muss also nur irgendwie in die Detektei gelangen. Die Detektei erstreckt sich über zwei Stockwerke. Im Flur, gleich neben der Eingangstür ist die Wendeltreppe zum oberen Stockwerk, dem Dachgeschoss, wo Sandbau ihr Büro hat. Dort kann sich Steinberg bis Büroschluss verstecken. Schober geht meist pünktlich nach Hause. Und Sandbau ist vor einer halben Stunde gegangen. Zur Zahnärztin, hat Steinberg heute morgen im Terminbuch gelesen. Nur zwei Straßen weiter. Sie wird danach bestimmt nach Hause gehen.

Es hat alles so gut geklappt. Fünf Minuten vor fünf hat sie geklingelt und Schober hat die Detekteitür mit dem Summer vom Schreibtisch aus geöffnet. Steinberg hat sich in den Flur, dann die Treppe hinauf geschlichen und in Steinbergs Büro direkt neben die Treppenöffnung gesetzt. Wenn sie sich ein bisschen nach vorne beugt, kann sie durch die Treppenöffnung den Flur sehen. Schober ist in den Flur gekommen, hat eine Weile gewartet, dann mit den Achseln gezuckt und sich wieder ins Büro verzogen.

Eine Minute vor fünf kam dann ganz unerwartet noch ein Besucherin, sitzt jetzt schon seit einer Stunde im Büro und macht keine Anstalten zu gehen. Doch! Jetzt! Stimmen nähern sich der Zimmertür. Jetzt verabschieden sie sich. Nein. Doch nicht. Schobers Stimme bewegt sich wieder von der Tür weg. Sie hat offensichtlich nur einen Aktenordner aus dem Regal genommen.

Es ist schon fast sieben. Jetzt erst öffnet sich die Zimmertür und im Flur sind Stimmen zu hören. Es dauert noch eine Weile, ehe die Stimmen näher kommen. Was sie genau sagen, kann Steinberg nicht verstehen, denn sie wird von einem merkwürdigen Geräusch abgelenkt, das hinter ihr plötzlich begonnen hat, laut zu werden. Was kann das sein? Es hört sich an wie ein Scharren. Irgendwo im Dunkeln in Sandbaus Büro. Das Scharren wird immer lauter, wird zu einem Klopfen. Hoffentlich hört Schober es nicht. Obwohl – Schober müsste es eigentlich hören!

Schober hat die Besucherin inzwischen verabschiedet und die Detekteitür geschlossen. Sie macht sich wieder auf den Weg zurück ins Büro. Dann ist das Klappern der Tastatur zu hören. Das Klopfen und Scharren hat aufgehört. Nur der Wind pfeift jetzt über das Dach. Vielleicht kam das Scharren und Klopfen auch vom Wind oder von einer Maus. In diesen alten Häusern gibt es nicht selten Mäuse. Steinberg hatte sogar schon welche bei sich in der Küche – trotz der Kater. Aber so ganz wohl ist Steinberg noch immer nicht. Wenn Schober nur endlich nach Hause gehen würde! Doch das Klappern der Tastatur hält an.

Es ist kurz nach neun. Hört sich so an, als sei Schober endlich aufgestanden. Wahrscheinlich spült sie noch ihre Kaffeetasse aus und stellt sie zum Trocknen auf das Tablett. Steinberg hört das Rascheln von Stoff, als sie im Flur ihre Jacke anzieht. Nur noch ein paar Schritte und Steinberg kann sie vor der Detekteitür auftauchen sehen. Wenn sie jetzt die Treppe hinaufblicken würde, könnte auch sie Steinberg sehen. Sie tut es jedoch nicht, sondern öffnet die Detekteitür, knipst das Licht im Hausflur an und löscht das Licht im Detekteiflur. Nur noch ein paar Sekunden und die Detekteitür wird abgeschlossen.

4

Es ist dunkel. Steinberg tastet sich die Treppe hinunter bis zum Lichtschalter neben der Detekteitür. Ein Gefühl der Erleichterung, als das Licht den Flur überschwemmt.

Schobers Schreibtischschublade ist natürlich verschlossen. Und der Werkzeugkasten steht in der Küche unter der Spüle. Als Steinberg den Flur betritt, geht ihr Blick fast automatisch wieder zur Treppe. Steinberg zuckt zusammen. Ein Schatten. Aber es ist ja nur das Treppengeländer, weiter nichts. Es ist nicht schwer, Schobers Schreibtischschublade mit dem großen Schraubenzieher aufzubrechen. Und da, unter dem Notizblock, liegen auch schon die Wagenschlüssel.

Der Wasserhahn vom kleinen Waschbecken tropft. Steinberg geht hin, schließt ihn fest, doch es nützt nicht viel. Ihr Blick fällt auf die Tasse auf dem Tablett. Ein Becher mit zwei schwarzen Katzen drauf. Es ist Steinbergs Tasse. Sie hat sie von ihrem letzten Urlaub mitgebracht. Natürlich – sie hat ja noch eine Menge Dinge hier, die sie mitnehmen sollte. Sie räumt ihre Schreibtischschublade leer und packt alles in ihren Rucksack. Und dann nichts wie weg!

Verdammt! Wie konnte Brook nur so blöd sein, das zu vergessen! Die Detekteitür ist natürlich verschlossen. Sie wird abends immer verschlossen. Und Brook Steinberg hat keinen Schlüssel, weil Sandbau das Schloss hat auswechseln lassen. Noch mal ins Büro zurück, einen Kaffee trinken und überlegen.

Die Kaffeemaschine blubbert angenehm.

Steinberg könnte die Nacht hier verbringen und sich morgen früh rausschleichen, so wie sie sich reingeschlichen hat. Die Katzen sind noch nicht gefüttert. – Aber die werden es schon einmal aushalten ohne Fressen.

Schritte! Oben. Doch da kann niemand sein. Steinberg hat Sandbau doch selbst weggehen sehen. Dann also doch Mäuse. Oder Ratten? Aber so klingt es nicht.

Es ist plötzlich so entsetzlich still hier. Nur die Schritte aus Sandbaus Büro sind zu hören. Und das Brodeln und Zischen und Knacken der Kaffeemaschine und das Blubbern der Wasserleitungen im Bad und das Tropfen des Wasserhahns in der Küche ...

Steinberg sollte einfach hinaufgehen und nachsehen. Der Flur ist auf einmal so grauenhaft lang. Viel länger, als Steinberg ihn in Erinnerung hat. Und dann die Treppe. Voller Schatten. Steinbergs Herz klopft bis in die Ohren.

Steinberg rennt zurück ins Büro, schließt die Tür. Die Schritte sind nicht mehr zu hören. Die Kaffeemaschine hat sich beruhigt ... Es ist jetzt tatsächlich still. Ganz furchtbar still. So still, wie es eigentlich gar nicht sein kann.

Steinberg nimmt ihren Rucksack und den großen Schraubenzieher, den sie vorher auf Sandbaus Schreibtisch hat liegenlassen, und rennt zur Detekteitür. Hektisch bearbeitet sie mit dem Schraubenzieher das Türschloss. Doch es tut sich nichts.

Noch einmal in die Küche und gleich den ganzen Werkzeugkasten zur Detekteitür schleppen. Während Steinberg das Schloss bearbeitet, beginnt die Treppe zu knarren. Schritte. Quälend langsame Schritte auf der Treppe. Schritte, die näherkommen. Steinberg hat nicht mehr den Mut sich umzudrehen, hinzuschauen. Sie kratzt und zerrt am Türschloss. Sie greift nach dem kleinen Beil im Werkzeugkasten und schlägt damit auf die Tür ein ... Was auch immer da ist, es ist schon entsetzlich nah, direkt hinter ihr, als Steinberg durch die Tür bricht und in Panik die Treppen hinunter rennt.

Vorbei an dem Mann, der gerade die Treppe heraufkommt, weiter, aus dem Haus. Weiter bis zur Straßenecke. Weiter! Weiter!

Irgendwo bleibt sie stehen. Außer Atem. Ihr ist kalt. Der Rucksack, den sie sich über die Schulter geworfen hat, ist bis zum Handgelenk herunter gerutscht. Sie greift in die Jackentasche, ertastet die Wagenschlüssel. Zum Glück sind sie da. So hat sich das Ganze wenigstens gelohnt. Aber der Wagen steht noch immer vor der Haustür. Und sie muss ihn holen, bevor Sandbau den Schlüsseldiebstahl bemerkt. Aber sie kann unmöglich wieder zum Haus zurück. Nicht jetzt. Vor allem nicht alleine. Steinberg schaut auf ihre Armbanduhr. Es ist fast zwei Uhr.

5

„Brook! Ist was passiert?"
„Hast du schon geschlafen?"
„Weißt du, wie spät es ist?"
„Ich brauch deine Hilfe, Tyan."
„Was ist denn passiert?"

An der kleinen Tür zum Bus steht gar nichts. Nur auf dem Briefkasten steht groß TYAN. Aber auch darauf ist Brook Steinberg nicht angewiesen. Sie kennt den steinalten dunkelblauen VW-Bus genau. Schon oft ist sie hier gewesen, hier, mitten in der Stadt, versteckt zwischen verwitterten Mauern.

Tyans Wagen ist nicht der Einzige. Die meisten haben blecherne Schornsteine auf ihren Dächern. Und tagsüber oder nachts, wenn die Fenster hell sind, ist der graue Rauch zu sehen, der aus ihnen steigt. Aber Tyans Fenster sind dunkel und Straßenlaternen gibt es nicht. Auch die Fenster der anderen Wagen sind um diese Zeit dunkel. Nur hundert Meter entfernt flackert ein Lagerfeuer vor einem der Zelte, von denen hier und da eins zwischen den Wagen steht. Es sind Busse und Bauwagen, auch ganz normale Wohnwagen, und das letzte Mal, als sie Tyan besucht hat, ist Brook Steinberg sogar an einem alten Eisenbahnwaggon vorbeigekommen. Aber sie fahren alle nicht mehr. So wie Tyans Wagen wohl schon seit Jahrzehnten den Platz zwischen den Mauern nicht mehr verlassen hat.

„Na. Dann komm doch erst mal rein!" Tyan zieht Brook zu sich hin, umarmt sie, bevor sie sie an sich vorbei in das Wageninnere schiebt. Dabei streifen ihre Lippen Brooks Wange. „Dass du mich mal wieder besuchst! Und dann auch noch mitten in der Nacht!"

Tyan hat ein Feuerzeug vom Schreibtisch genommen und eine Petroleumlampe angezündet. Auf dem Bett sitzt eine nackte Frau.

„Das ist Paula. – Das ist Brook, meine alte Schulfreundin."

„Hallo."

„Setz dich, Brook. Du siehst ja ziemlich fertig aus. Möchtest du Tee?"

Brook schüttelt den Kopf.

„Na, dann erzähl mal! Was ist passiert?"

Es scheint fast unmöglich, einen wenigstens halbwegs vernünftigen Bericht über die Ereignisse zu geben. Wenn Tyan wenigstens allein wäre.

„Du hast also die Autoschlüssel aus Sandbaus Schreibtisch genommen. Dein gutes Recht. Es ist genauso dein Wagen. Und dann war jemand oder etwas in Sandbaus Büro. Du hast Geräusche gehört, ein Scharren, Schritte, dann ist jemand oder etwas die Treppe heruntergekommen und du hattest zu große Angst, dich umzudrehen und zu sehen, wer oder was es ist ..."

„Was könnte das bloß gewesen sein?"

„Sandbau?"

„Aber ich habe Sandbau doch weggehen sehen? Und warum scharrt und klopft sie?"

„Vielleicht hat sie damit gerechnet, dass du dir die Schlüssel holst."

„Das glaube ich nicht. Das traut sie mir nicht zu."

Tyan seufzt. „Du willst, dass ich es mir ansehe?"

„Das wäre sicher zuviel verlangt."

6

„Wo willst du hin? Willst du etwa zu Fuß gehen, Brook? Der Nachtbus fährt gleich um die Ecke."

Von der Haltestelle des Nachtbusses ist es noch eine Viertelstunde zu Fuß. Es ist schon nach fünf. Die Straße, in der sich die Detektei befindet, ist sehr ruhig. Kaum jemand zu sehen. Keine Kneipen und Geschäfte. Und die Fenster sind fast alle dunkel. Bis auf ein paar, hinter denen sich die Leute wahrscheinlich schon für den neuen Arbeitstag bereit machen. Brook Steinberg erinnert sich wehmütig an Zeiten, in denen sie auch um diese Zeit schon wach war und sich Kaffee kochte, bevor sie sich auf den Weg ins Büro machte.

Auch in der Detektei brennt kein Licht, nicht einmal im Dachgeschoss.

„Ich hab das Licht im Flur nicht ausgeschaltet. Es müsste zu sehen sein. Ich hab auch die Bürotür aufgelassen. Und wahrscheinlich hab ich das Licht im Büro und in der Küche auch nicht ausgeschaltet.

„Vielleicht war ja schon jemand hier. Oder die Frau vom Dachgeschoss hat es ausgeschaltet", meint Paula.

„Die Frau vom Dachgeschoss? Sandbau?", fragt Tyan.

„Oder es hat sich eine dort oben versteckt."

„Gehn wir nach oben und schauen nach. Du kannst ja hierbleiben, wenn du Angst hast."

„Ich bleib nicht alleine hier."

„Dann setzt ihr euch doch einfach schon in das Auto, während ich kurz nach oben geh. Okay?"

„Na?" Paula und Brook haben sich beide auf den Rücksitz gesetzt. Paula nimmt Brooks Hand.

„Ich schätze, ich bin dieser Situation nicht ganz gewachsen", sagt Brook und lächelt verlegen.

„Bist du nicht Detektivin?"

„Das weiß ich im Moment selber nicht so recht. Wenn ich es mir genau überlege, war ich in Wirklichkeit nur die Assistentin der Detektivin oder die Sekretärin, die Putzfrau. Und jetzt bin ich nicht einmal mehr das. Das aufregendste in meinem Leben waren bisher die Krimis, die ich abends immer gelesen habe. – Und was machst du so?"

„Ich kann mich über Langeweile nicht beklagen. Nicht, dass ich so scharf auf Abenteuer wäre. Aber das aufregende Leben wurde mir leider mit in die Wiege gelegt."

„Was meinst du damit?"

Paula kommt nicht mehr dazu zu antworten. Tyan ist zurück.

„Tja. Ist im Prinzip alles so, wie du gesagt hast. Die Tür ist aufgebrochen worden. Von innen. Das kleine Beil liegt auf dem Boden neben dem Werkzeugkasten neben der Tür. Nur Licht hat keins gebrannt. Die Tür war angelehnt. Schließen lässt sie sich nicht mehr.

„Und Sandbaus Büro?"

„Leer. Abgesehen davon ..." Tyan hält ein paar durchgescheuerte Seilstücke hoch. „Und das hier hab ich im Flur gefunden."

„Ein Knebel?"

„Ein feuchtes zerknülltes Tuch. Soviel steht fest. – Und wohin jetzt?"

„Ihr könnt bei mir schlafen, wenn ihr wollt. Das wär mir sogar recht."

„Werden nicht die Bullen morgen bei dir auftauchen?"

„Sie können ihr nichts anhaben. Es ist ja schließlich ihr Auto und ihre Detektei."

„Halt!" widerspricht Paula. „Ihr können sie vielleicht nichts anhaben. Aber mich werden sie schließlich nicht übersehen. Ich hau ab nach Hause und ihr beide geht zu Brook."

7

Den ganzen Tag über ist nichts geschehen. Keine Polizei. Nicht einmal ein Anruf von Sandbau. Nichts. Steinberg macht sich daran, den Berg Geschirr zu spülen, das Chaos in der Küche, den Schmutz zu beseitigen. Am nächsten Morgen will sie wegfahren, sich erholen. Ein paar Tage, eine Woche Urlaub. Joanna vergessen, Sandbau vergessen.

„Und dann?" hat Tyan gefragt.

„Was dann?"
„Wenn du wieder zurückkommst, was wirst du dann tun?"
„Es wird sich schon etwas ergeben."
„Du kannst immer zu mir kommen, das weißt du doch?"

Es gelingt Brook nicht, wirklich bei der Arbeit zu bleiben. Immer wieder geht sie unruhig umher, nimmt einen der Kater auf den Arm und drückt ihn an sich, schaut aus dem Fenster, nimmt ein Buch in die Hand, eine Zeitschrift, nur um alles gleich wieder wegzulegen und etwas anderes zu nehmen

Sie steht da, betrachtet das Bett, in dem sie vor zwei Stunden mit Tyan zusammen noch gelegen hat. Einfach nur gelegen, geredet, ein bisschen geschlafen und wieder geredet. Jetzt vermisst sie Tyan. Und sie hat Angst. Große Angst.

Sandbau lässt sich das bestimmt nicht so ohne weiteres gefallen. Irgendetwas wird noch geschehen. Ganz bestimmt. Wenigstens sind ab morgen die Kater sicher untergebracht. Steinberg hat eine Freundin angerufen und sie gebeten, sie für eine Woche zu nehmen.

Wieder aus dem Schlafzimmer in die Küche. Das Telefon klingelt. Steinberg nimmt ab.
„Ja. Hallo!"
Niemand meldet sich.
„Hallo! – Wer ist da? – Hallo?"

Steinberg legt auf. Stille. Nur der Wind pfeift ganz leise über dem Dach. Licht fällt durch das Fenster und das Glas der Balkontür auf den grauen feuchten Balkon. Es ist schon eine Weile dunkel. Im Fenster gegenüber flimmert der Fernseher. Und ein verirrter Weizenhalm in einem Balkonkasten bewegt sich ganz sacht hin und her. Im Treppenflur brennt Licht. Steinberg kann es durch den Briefkastenschlitz und den schmalen Spalt unter der Tür fallen sehen. Im Treppenhaus sind Schritte zu hören. Jemand kommt die Treppe herauf. Jetzt müsste er oder sie schon im dritten Stock angekommen sein. Aber die Schritte kommen immer näher. Immer weiter herauf.

Kommt der Nachbar nach Hause? Die Katzen haben schon lange die Ohren gespitzt und ihren Blick der Zimmertür zugewandt. Jetzt erst rennen sie in den Flur. Gleich muss er seine Wohnungstür öffnen und dahinter verschwinden. Aber es ist still. Nichts zu hören. Niemand schließt eine Tür auf. Im Treppenhaus brennt noch immer Licht. Vor der Tür bewegt sich etwas und ein Rascheln ist zu hören. Und dann etwas, das wie ein Flüstern klingt. Jetzt ist es wieder still. Das Telefon klingelt. Keine meldet sich. Steinberg legt auf. Die Treppe im Hausflur knarrt, so wie es diese alten Treppen eben öfter tun. Steinberg hat aufgehört zu atmen. Steinberg bewegt sich nicht mehr. Steinberg ist erstarrt. Eine gewaltige Menge Augenblicke vergehen, ehe sie sich traut, zum Telefonhörer zu greifen.

„Kann ich die Katzen jetzt schon zu dir bringen? – Kann ich heute Nacht bei dir schlafen? – Kannst du mich abholen?"

8

„Du glaubst mir nicht? Dann frag Tyan. Sie hat die aufgebrochene Tür gesehen und in Sandbaus Büro den Knebel gefunden."

Terry streicht mit der Hand über den unversehrten Lack der Detekteitür. Brook steht nur da und starrt auf den Türknauf.

„Vielleicht haben sie die Tür schon repariert", sagt Terrys Freundin, „Oder sie haben eine neue eingesetzt."

„Nein. Das kann nicht sein. Seht genau hin, es ist nicht frisch lackiert. Es ist derselbe alte Lack und dieselbe Tür wie vorher." Steinbergs Stimme hat keinen Klang.

„Du hast also die Tür nicht aufgebrochen? Wozu sind wir dann hier?" Terry wird ungeduldig.

„Eben deswegen. Ich hab die Tür aufgebrochen. Mit einer Axt. Gestern Nacht."

„Dann wurde die Tür also doch repariert"

„Nein. Nein. Sieh doch hin. Der Lack ist alt. Siehst du das nicht!"

„ Willst du mich verarschen?"

„Fahren wir zu Tyan. Tyan war letzte Nacht hier. Sie hat die aufgebrochene Tür gesehen."

„Glaubst du, wir haben Lust, noch weiter deinetwegen durch die Gegend zu fahren."

„Tyan ist meine Zeugin."

„Und was hast du davon?"

„Ich will, dass du mir glaubst."

„Okay. Noch mal ganz langsam zum mitschreiben. Du behauptest also, du hast gestern abend diese Tür mit einer Axt aufgebrochen?"

„Genau."

„Aber du sagst auch, die Tür wurde nicht aufgebrochen."

„Nein. Die Tür wurde nicht aufgebrochen."

„Wie kann das sein, Brook?" Terrys Freundin ist ganz ruhig.

Im Gegensatz zu Terry, der jeden Augenblick der Kragen zu platzen droht. „Genau das will ich doch auch wissen!"

„Es kann nicht sein. Du hast nicht mehr alle Tassen im Schrank ... Und ich will jetzt nach Hause." Terry stürmt die Treppen hinunter.

„Und wo hast du das Auto gelassen?" Die drei sitzen wieder im Wagen und sind auf dem Weg zu Terry. Diesmal sitzt Terry am Steuer.

„Ich hab es natürlich nicht vor meiner Haustür abgestellt."

„Wo hast du es also gelassen?"

„Ich hab es einfach irgendwo abgestellt. Irgendwo abseits."

„Weißt du was, Brook Steinberg, ich glaub dir kein Wort."

„Dann lass uns zu Tyan fahren!"

„Ich hab keine Lust, zu Tyan zu fahren."

„Lass es uns doch mal versuchen!" Terrys Freundin ist ungeheuer geduldig. „Was kann es denn schaden?"

„Glaubst du ihr etwa?"

„Ja, warum sollte sie lügen?"

„Um sich wichtig zu machen."

„Ich dachte, ihr seid befreundet?"

„Ja."

„Und? Tut sie das öfter? Ich meine, erfindet sie öfter unglaubwürdige Geschichten, um sich wichtig zu machen?"

„Nein – jedenfalls bis jetzt nicht."

„Warum sollte sie es also jetzt tun?"

„Weil es unmöglich ist, was sie erzählt. Zumindest kann sie nicht eine Tür mit einer Axt eingeschlagen haben, die jetzt wieder vollkommen intakt ist, ohne repariert worden zu sein."

„Warum erzählt sie es dann."

„Das wüsste ich auch gerne."

„Na, bitte, dann lass es uns herausfinden. Lass uns zu Tyan fahren."

Tyans VW-Bus ist verschwunden. Auch die anderen Wagen sind nicht mehr da. Dort wo Tyans VW-Bus stand, steht jetzt ein Wolkenkratzer.

„Setz mich bei der nächsten U-Bahn-Station ab!"

„Kommst du allein zurecht?" Terrys Freundin legt ihre Hand auf Brooks Arm.

Brook nickt, schlägt die Wagentür zu und macht sich auf den Weg.

9

Am frühen Morgen fällt Steinberg in eine schwere Depression. Sie möchte nur noch nach Hause. Schlafen. Die ganze Stadt ist milchig weiß vor Kälte. Vor dem Haus, in dem sich Steinbergs Wohnung befindet, steht ein Transporter. Schwarz. Mit der Klappe hinten offen und einer Menge Leuten drum herum. Darunter auch Polizei. Hat Sandbau also doch die Polizei geholt? Was glotzen diese Leute denn alle auf die Einfahrt zum Hinterhof? Was erwarten sie? Was kann es da schon zu sehen geben? Ein paar von den Leuten kennt Steinberg. Sie ist ihnen schon im Treppenhaus begegnet.

Vielleicht ist jemand gestorben. Die alte Frau aus dem dritten Stock, die geglaubt hat, dass sie im Hinterhof Wache halten, nur weil der Vermieter die Weihnachtsbeleuchtung nicht mehr entfernt hat. Aber warum dann die Polizei? Vielleicht hat sich jemand umgebracht oder ist umgebracht worden. Aber warum gleich so drastisch? Eine harmlose Messerstecherei? Ein Diebstahl. Und der schwarze Transporter? Ein Leichenwagen? Ein Metallsarg wird vom Treppenhaus des Vorderhauses durch die Einfahrt bis zum Leichenwagen getragen.

„Was ist denn hier los?", fragt Steinberg eine Frau, die neben ihr steht, „Ist jemand gestorben?"

„Es wurde jemand ermordet."

„Ermordet? Wer denn? Und von wem?"

„Die sind eine ganze Weile da drin gewesen", sagt die Frau, dreht sich um und geht weg. Erst jetzt bemerkt Steinberg die vielen Männer und Frauen. Sie kommen aus der Einfahrt, manche tragen Koffer, andere Hüte, steigen in ihre Autos und fahren weg. Das veranlasst die paar Schaulustigen sich zu zerstreuen.

Steinberg betritt in einigem Abstand zu den anderen das Treppenhaus. Ihre Wohnungstür steht offen. Davor steht eine Polizistin. Offensichtlich Wache. Aus Steinbergs Wohnung sind Stimmen zu hören.

Steinberg schleicht an ihrer eigenen Wohnungstür vorbei. Viel weiter nach oben geht es nicht. Die Speichertür ist verschlossen. Sie setzt sich auf die Treppenstufen und wartet. Komisch, dass der Polizistin nicht auffällt, dass es hier nicht weiter nach oben geht? Keine sehr gute Detektivin, die junge Frau, nicht sehr aufmerksam. Bist du denn eine gute Detektivin, Brook Steinberg?

Steinberg bemerkt nicht einmal, wie ihre Wohnungstür geschlossen und versiegelt wird. Sie hört auch nicht, was die beiden Männer, die die Wohnung verlassen, auf dem Treppenabsatz miteinander reden. Erst das Klingeln lässt sie hochschrecken. Doch der Nachbar gegenüber ist nicht zu Hause. Dafür die beiden Nachbarinnen einen Stock tiefer. Die Polizistin darf nach Hause gehen. Im Treppenhaus ist es jetzt relativ still. Abgesehen vom Straßenlärm, dem Gurren der Tauben, dem Presslufthammerlärm von der nahen Baustelle, dem Kindergeschrei, dem dumpfen Bass aus einem der Hinterhausfenster ...

Steinbergs Wohnungstür ist versiegelt. Was nun? Zu Terry gehen und ihr alles erzählen. Ausgerechnet zu Terry. Bei ihr bleiben bis morgen früh. Dann mit ihr hierher fahren und ihr das Siegel zeigen, das dann natürlich verschwunden sein wird. Wenn das Siegel morgen verschwunden sein wird, was macht es dann, wenn Steinberg es jetzt aufbricht? Und was dann? Hierbleiben kann sie nicht. Auch wenn morgen das Siegel nicht mehr da sein sollte – wer garantiert das? – so ist es doch heute noch da. Und heute kann noch allerhand geschehen. Der Tag ist noch lang.

Das Siegel brechen, einen Koffer packen mit ein paar Kleinigkeiten, an denen sie hängt und etwas zum Anziehen, den Wagen holen und abhauen, raus aus der Stadt.

Was ist da drin denn überhaupt geschehen? Da kann ja gar nichts geschehen sein. Im Flur ist alles ganz normal. Nur die Kater fehlen. Aber die sind ja bei Terry, oder? In der Küche steht immer noch ein Riesenstapel schmutziges Geschirr. Die Badewanne ist bis zum Rand voll mit Wasser. Wollte Steinberg gestern etwa noch baden? Die Bettdecke liegt immer noch zusammengeknüllt auf dem Fußboden. Und die Bücher stehen ordentlich nach Themengebieten sortiert in den Regalen. Nur der weiße Umriss eines Körpers auf dem Fußboden von dem, was eine Weile Joannas Zimmer war, deutet darauf hin, dass hier etwas geschehen ist.

Um Gottes Willen, Joanna wird doch nichts passiert sein! Sie war die einzige, die noch einen Schlüssel hatte. Joanna tot! In dieser Metallwanne. Lieber nicht dran denken. Lieber einen Koffer aus dem Schrank reißen, ihn mit irgendwelchen Dingen füllen, schnell das Haus verlassen. Weg. In eine andere Stadt. In ein anderes Land. In eine andere Welt. In ein anderes Leben.

Steinberg ist eine miserable Autofahrerin. Und auch das Auto ist nicht das Allerbeste. Sie wird ständig angehupt. Aber

Steinberg kümmert sich heute nicht darum, sie gerät nicht in Panik oder Wut. Tränen laufen ihr die Wangen hinunter. Ihr Hemdkragen ist schon ganz nass. Sie hat Mühe wahrzunehmen, was um sie herum geschieht.

Doch manches nimmt sie doch wahr. Sie sieht Joanna auf dem Bürgersteig gehen. Sie hat die letzten Tage immerzu Joanna Bach irgendwo gehen oder stehen sehen. Aber diesmal ist sie es wirklich. Steinberg steht mitten auf einer Kreuzung, hat sich zum Linksabbiegen eingeordnet. Doch den grünen Pfeil bemerkt sie nicht, nimmt das Gehupe der anderen Autos nicht wahr. Sie steigt aus dem Wagen und rennt zu der Stelle, wo sie Joanna eben noch gesehen hat.

Zu spät. Joanna Bach ist wieder einmal verschwunden. Das heißt, wahrscheinlich ist sie nur weitergegangen. Sie kann nur rechts abgebogen sein. In die kleine Seitenstraße. Eine Baustelle. Eine Unterführung. Aber keine Joanna Bach. Eine Kreuzung. Wohin jetzt? Ihre Schultern sind ein Schraubstock, in dem Kopf und Hals festklemmen. So ekelhaft unbeweglich. Sie kann sich gar nicht richtig umschauen.

Steinberg weiß nicht mehr, wo sie ist. Aber das ist sowieso egal. Das Auto haben sie bestimmt schon längst abgeschleppt. Auto, Bücher, Photos, Kleidung, Wohnung, alles weg. Nur ein bisschen Geld, ein warmer Mantel, eine Mütze. Und alles wegen dieser blöden Bach, die nur aus Mitleid mit Brook Steinberg geschlafen hat oder vielleicht noch, weil sie wollte, dass Steinberg ihr hilft, die alte Frau zu finden.

Vor einer kleinen schäbigen Bäckerei bleibt Steinberg stehen. Sie hat Hunger. Sie sollte etwas Vernünftiges essen. Aber im Schaufenster liegt diese schöne Schwarzwälder Kirschtorte. Lange bleibt Steinberg vor dem Schaufenster stehen und schaut auf die Auslage. Dann betritt sie den Laden.

Kapitel 3:   In der Bäckerei

1

Steinberg und die Verkäuferin sind nicht die einzigen in der Bäckerei. Es herrscht reger Betrieb. Die Verkäuferin hinter der Kuchentheke ist auch nicht die einzige Verkäuferin. Es gibt drei. Die beiden anderen sind mit den anderen Kunden beschäftigt, einer alten Frau und einem alten Mann, die zusammengehören. Und da ist ein kleines Mädchen mit einer Schultasche auf dem Rücken. Sie zeigt mit dem Zeigefinger auf eines der großen Gläser auf der Theke. Sie sind mit Süßigkeiten gefüllt. Der Finger des kleinen Mädchens zeigt auf ein Glas voller roter zuckriger Erdbeerimitationen. Der Hut des alten Mannes kommt Steinberg bekannt vor. Aber sie weiß nicht woher. Und sie kommt auch nicht mehr dazu, darüber nachzudenken. Die Verkäuferin sieht sie fragend an.

„Was darfs sein?“
„Ein Pfund Kaffee.“
„Welche Sorte?
„Vom billigsten.“

Steinberg starrt auf das Glas mit den Erdbeerimitationen. Die sind innen weiß. Und wie Erdbeeren schmecken sie nicht sehr. Steinberg erinnert sich, wie sie früher oft zur Bäckerei gegangen ist, um eine Tüte davon zu kaufen. Für zwanzig, dreißig Pfennig. Es gab sie zu einem Pfennig das Stück. Oder waren es zwei Pfennig das Stück? Und dann diese großen Himbeerbonbons im Glas daneben ...

Auf der Theke steht eine Packung Kaffee. Frisch gemahlen. Vom billigsten.
Die Verkäuferin hat etwas gesagt?
„Ich brauche gar keinen Kaffee.“ Es ist Steinberg ungeheuer peinlich. Sollte sie nicht lieber einfach den Kaffee nehmen

und gehen? Aber sie hat nicht sehr viel Geld. Und sie braucht tatsächlich keinen Kaffee. Wo soll sie ihn auch kochen.

Die Verkäuferin hält Steinbergs Geldschein in Brusthöhe vor sich. Ihre andere Hand berührt die Kasse.
„Bitte?"
„Ich brauche gar keinen Kaffee. Geben Sie mir ein Stück Schwarzwälder Kirschtorte. Und zwanzig von diesen Erdbeeren."
„Ja, aber sie haben doch Kaffee verlangt oder etwa nicht?"
„Ja, schon. Ich hab mich vertan. Ich brauche wirklich keinen Kaffee."
„Aber jetzt habe ich ihn doch schon gemahlen. Und die Leute wollen ihn immer frisch gemahlen, verstehen Sie? Sie wollen sehen, wie er gemahlen wird."
„Ich verstehe ja, aber ich brauche wirklich keinen Kaffee. Wissen Sie, ich könnte ihn nirgends kochen."
„Nein?"
„Nein."
„Wollen Sie vielleicht Kaffee haben?", fragt die Verkäuferin die beiden alten Leute, „Ein Pfund. Vom billigsten. Frisch gemahlen."
Das Ehepaar ignoriert die Frage der Verkäuferin, der Mann schaut aus dem Fenster und die Frau liest das Etikett auf einer Dose Sprühsahne.
„Einen Augenblick", sagt die nette Verkäuferin, „Ich frag mal die Chefin."

Jetzt steht keine Verkäuferin mehr hinter der Theke. Nicht nur hinter der Theke steht keine Verkäuferin mehr. Im ganzen Laden gibt es keine. Auch das kleine Mädchen ist nicht mehr da.

„Wenn Sie keinen Kaffee brauchen, was verlangen Sie dann auch welchen!"
Der alte Mann mit dem Hut sieht furchtbar ungeduldig aus.
„Ich – ich bin etwas zerstreut."

„Jetzt müssen wir Ihretwegen warten!" Die alte Frau zieht mit einer unwirschen Bewegung die himbeerbonbonrote Häkelmütze auf ihrem Kopf zurecht.

„Das tut mir leid. Ich dachte, Sie werden schon bedient."

„Sieht es etwa so aus!"

„Es tut mir wirklich leid. Es wird nicht wieder vorkommen."

Die beiden schweigen. Nur hin und wieder geben sie merkwürdige Laute von sich und scharren mit den Füßen. Sie grunzen, denkt Steinberg. Sie grunzen sie vorwurfsvoll an. Steinberg dreht ihnen den Rücken zu und schaut aus dem Fenster. Es hat angefangen zu schneien. Eine Weile betrachtet sie die Schneeflocken. Sie schmelzen, sobald sie auf dem Asphalt landen. Oder auf den Schirmen und Dächern. Wer weiß, vielleicht schmelzen sie schon in der Luft. Es ist wärmer geworden. Die Straße ist nass.

Vielleicht sollte Steinberg einfach gehen. Sich davonstehlen. Warum auch nicht? Aber sie erinnert sich noch rechtzeitig, dass die Verkäuferin ihren Geldschein mitgenommen hat. Wo ist sie überhaupt hingegangen? Steinberg wendet sich der Tür gegenüber der Ladentür zu. Sie steht offen und gibt den Blick frei auf ein kleines Zimmer, das fast ganz von einem großen viereckigen Tisch ausgefüllt wird. PRIVAT steht auf der Ladenseite der Tür. Und darunter: KEIN ZUTRITT!

„Wie lange dauert das denn noch!" beschwert sich die alte Frau und grunzt besonders laut.

„Vielleicht sollte ich mal nachsehen."

„Wo wollen Sie denn nachschauen, junger Mann!"

„Sie ist doch da rein gegangen, oder?" Steinberg zeigt auf die Hintertür.

„Aber da steht doch KEIN ZUTRITT! Können Sie nicht lesen, junger Mann."

„Ich bin kein junger Mann!" Jetzt wird auch Steinberg unwirsch.

„Sie halten sich also für alt? In meinen Augen sind Sie noch ziemlich jung."

Steinberg betritt das Zimmer mit dem großen Tisch. Erst jetzt sieht sie die zweite Tür, auf der steht: BACHSTUBE? Ach, nein, Quatsch, BACKSTUBE. Da ist nur ein Stück abgebrochen von dem K. Steinberg geht zur Tür und klopft an. Nichts geschieht. Noch mal klopfen. Nichts. Steinberg setzt sich auf einen Stuhl. Ihr Blick fällt auf eine Kaffeemaschine. Die Glaskanne ist voll. Das rote Licht brennt. Auf dem Tisch stehen schon benutzte leere Kaffeetassen. Und direkt vor ihr liegt eine aufgeklappte Brieftasche. Steinberg kann die Geldscheine sehen. Ein ganzes Bündel. Steinberg könnte sich das Geld, das die Verkäuferin ihr noch schuldet, einfach herausnehmen und gehen. Niemand könnte ihr einen Vorwurf machen. Es ist ja schließlich ihr Geld.

Warum nicht gleich die ganze Brieftasche mitnehmen. Sie könnte das Geld gebrauchen. Einbruch – eigentlich war es mehr ein Ausbruch – Autodiebstahl, Mord, Parken im Halteverbot. Was macht da der Diebstahl einer Brieftasche schon noch aus.

„Ich hab Sie gewarnt," brüllt der alte Schwachkopf, „ZUTRITT VERBOTEN! Hab ich es nicht gesagt, Hildegard?" Steinberg stellt sich vor, wie die alte Frau mit dem Kopf nickt.

Für die Detektei hatte sie einen Schlüssel, das Fahrzeug gehört zur Hälfte ihr, einen Mord hat sie nicht begangen. Bleiben noch das Parken im Halteverbot und der Diebstahl einer Brieftasche. Sie steckt schon in Steinbergs Manteltasche, als die Tür zur Backstube sich öffnet und ein Haufen staubiger Männer das Zimmer mit dem großen Tisch betreten, zusammen mit der Verkäuferin und einer Frau mit einem Pferdeschwanz.

Einer der Männer geht schnurstracks zur Kaffeemaschine und schaltet sie aus. Ein anderer geht zur Tür zum Laden und schließt sie hinter der Pferdeschwanzfrau, die den Laden betreten hat. Ein dritter schließt die Tür zur Backstube. Und ein vierter schreit: „Wo ist meine Brieftasche!"

„Sie müssen zumindest das Mahlen bezahlen, hat die Chefin gesagt", sagt die Verkäuferin zu Steinberg.

Steinberg antwortet nicht.

2

Niemand holt die Polizei. Und trotzdem kommt Steinberg nicht davon. Zwei staubige Männer nehmen Steinberg Mütze und Mantel ab und zerren sie durch die Backstubentür, hinter der sich keine Backstube befindet, sondern eine Treppe. Die Männer schieben Steinberg die Treppe hoch in ein Zimmer. In diesem Zimmer steht ein langer Tisch. Und ein Monitor in der Ecke und etwas, was wie ein elektrischer Stuhl aussieht.

„Jetzt gehts zu deiner Hinrichtung", sagt einer der staubigen Männer und grinst.

„Halts Maul!", schnauzt ihn eine der drei Frauen an. Sie sitzen hinter dem langen Tisch und beobachten Steinberg und den Mann. Schweigend drückt der Mann Steinberg auf den Stuhl und schnallt sie fest. Zuletzt schiebt er einen an Drähten befestigten Metallring über Steinbergs Stirn.

„Du bist katholisch?" fragt eine andere der drei Frauen. Es ist die mittlere. Die älteste, die mit dem kürzesten Haar.

„Nicht mehr", antwortet Steinberg.

„Schau dir diese Maschine genau an", sagt die zweite Frau – es ist die mit dem Pferdeschwanz – und zeigt mit dem Finger auf den Monitor. „Sie sagt uns, wann du lügst. Also sag uns die Wahrheit! Wenn du lügst, wird sie dir weh tun und dich vielleicht sogar töten."

„Wer hat dich hierher geschickt? Für wen arbeitest du?", fragt die dritte Frau. Steinberg kann sie nicht richtig sehen. Sie sitzt hinter einem Strauß künstlicher Sonnenblumen. Sie hat langes Haar, soviel kann Steinberg sehen, und ihre junge Stimme kommt Steinberg bekannt vor. Die erste Frau fasst sie am Arm und flüstert ihr etwas ins Ohr.

Steinbergs Schläfen pochen. Ihr Mund ist trocken und doch muss sie ständig schlucken.

„Wie heißt du?" fragt die erste Frau.

„Steinberg."

„Und?"

„Brook Steinberg."

„Du lügst!" Die Frauen schauen auf den Bildschirm.

„Elisabeth Helene Steinberg. Aber meine Freundinnen, nein, meine Ex-Freundinnen, die Freundinnen, die ich vielleicht mal hatte ..."

„Zur Sache!"

„... nennen mich Brook."

„Geboren?"

„Ja."

„Wann geboren?"

„12.11.1987."

„Aha." Die erste Frau macht sich Notizen, und auch die dritte Frau schreibt mit. „Skorpion. Aszendent?"

„Was?"

„Aszendent?"

„Ich weiß nicht."

Die Chefin schüttelt den Kopf und schaut die anderen an. Dann sieht sie Steinberg an. Noch eine letzte Chance, sagt ihr Blick. Noch ein letztes Mal wollen wir es mit dir versuchen.

„Wo?"

„Wo was?"

„Wo geboren?"

„In Elzach?"

„Du lügst."

„Im Krankenhaus. Ein Kaiserschnitt."

„Wo?"

Auf dem Monitor blinkt rote Schrift. Steinberg kann sie aus der Entfernung nicht lesen. „Ist das wichtig?"

„Was hier wichtig ist oder nicht, das entscheiden wir, nicht du!"

„In Freiburg."

„Beruf des Vaters?"

„Maskenschnitzer."

„Beruf der Mutter?"

„Maskenverkäuferin."

„Beruf?"

„Detektivin."

„Du lügst. Du lügst die ganze Zeit."

Ein leichter Stromstoß geht durch Steinbergs Körper. Ein Kribbeln, so wie früher auf den Sonntagsspaziergängen, wenn ihr Vater ihr die Hand gab und mit der anderen Hand einen Zaundraht berührte. Steinberg ist fast erleichtert, ihn zu spüren. Und sie rechnet fest damit, dass der nächste stärker werden wird.

„Antworte gefälligst!"

„Ich hab die letzte Frage nicht verstanden."

„Hast du Probleme mit den Ohren?"

„Ich war einen Augenblick unaufmerksam, es tut mir leid."

„Du lügst."

„Ich höre auf dem linken Ohr etwas schlechter als auf dem rechten."

„Du lügst."

„Vielleicht ist es auch umgekehrt. Ich weiß es im Moment nicht so genau. Ich achte nicht so darauf."

Wieder ein Stromstoß. Diesmal ein bisschen stärker, wie vermutet.

„Warum bist du hier?"

„Ich habe diese schöne Schwarzwälder Kirschtorte im Fenster gesehen und wollte mir ein Stück kaufen."

„Sie hat Kaffee verlangt. Und ich habe ihn für sie gemahlen." Jetzt erkennt Steinberg die Frau hinter dem Sonnenblumenstrauß. Es ist die Verkäuferin von vorhin.

„Ich war zerstreut."

„Du hattest Angst", sagt die Chefin.

„Vielleicht hatte ich Angst."

„Wovor hattest du Angst?"

„Vor der Zukunft. Was aus mir wird."

Ein weiterer, noch stärkerer Stromstoß.

„Ich lüge nicht. Ich habe alles verloren, meine Arbeit, meine Wohnung ..."

„Wovor hattest du Angst?"

„Vor der Polizei? Sie haben in meiner Wohnung eine Leiche gefunden. Ich war es nicht, aber sie denken wahrscheinlich, dass ich etwas damit zu tun habe. Ich kann nicht mehr zurück."

„Und da hast du nichts besseres zu tun, als in einer Bäckerei Kaffee zu kaufen? Das sollen wir dir glauben?"

„Ich wollte ja gar keinen Kaffee kaufen."

„Und wie kommt es, dass du etwas tust, was du nicht willst?"

„Ich hatte Angst."

„Du hast aus Angst Kaffee gekauft?"

„Nein, nicht aus Angst ... Ich ... Ich wollte –"

„Irgend etwas in dir wollte Kaffee kaufen, damit nach Hause gehen und Kaffeewasser aufsetzen, stimmts?" Die Verkäuferin blickt um den Sonnenblumenstrauß herum in Steinbergs Gesicht. Die Frau mit dem Pferdeschwanz wirft ihr einen missbilligenden Blick zu und grunzt.

„Ja, so wird es wohl gewesen sein. Ich hatte wohl Sehnsucht danach, zu Hause in meiner gemütlichen Wohnung Kaffee zu trinken."

Ein Stromstoß, diesmal schwächer als der letzte. Es ist so schlecht abzuschätzen, wann sie kommen. Es scheint keine Logik dahinter zu stecken.

„Was willst du hier?"

„Inzwischen gar nichts mehr. Ich will einfach nur weg."

„Was wolltest du?"

„Schwarzwälder Kirschtorte."

„Du lügst."

„Ich habe eine Freundin auf dem Gehsteig gesehen und habe meinen Wagen mitten auf einer Kreuzung stehenlassen. Sie war verschwunden. Ich habe sie nicht mehr gefunden."

„Eine Freundin?"

„Ja."

„Du lügst."

„Wir haben genau zweimal miteinander geschlafen."

„Eine Geliebte also."

„So würde ich persönlich es nicht nennen. Das heißt ich würde gerne, aber es wäre einfach nicht wahr."

„War es so schön, dass du sie nicht vergessen kannst? Hast du noch Lust auf sie?"

„Im Moment nun wirklich nicht," Steinberg schüttelt den Kopf und lacht, „aber selbst wenn – ich meine, was soll das Ganze?"

Ein Stromstoß. Diesmal kann Steinberg beobachten, wie die Frau mit dem Pferdeschwanz auf einen kleinen Knopf auf dem Tisch drückt.

„Gib zu, du kannst es gar nicht mehr erwarten, mit ihr ins Bett zu gehen."

„Im Moment habe ich wirklich andere Probleme. Aber ich gebe zu, ich habe solche Gefühle schon gehabt, auch wenn's schwierig ist damit ...“

„Was ist schwierig?"

„Darüber möchte ich nicht sprechen."

„Du kannst es nicht erwarten, darüber zu sprechen, stimmts?"

„Ja, aber sicher nicht mit euch!"

Ein besonders starker Stromstoß.

„Du willst uns also nicht die Wahrheit sagen?"

„Ich sage die Wahrheit."

„Was war schwierig."

„Ich hatte wohl Angst."

„Wovor hattest du Angst?"

„Ich weiß es nicht."

„Du weißt es wohl."

„Ach, ihr könnt mich mal ...“

„Du schiebst zuviel auf die Angst."

Steinberg zuckt mit den Schultern.

„Die Angst ist nicht an allem schuld."

Steinberg blickt zu Boden und schweigt.

„Hörst du?"

Steinberg antwortet nicht.

3

„Du hast dich bepisst."

Steinberg sitzt auf dem Fußboden gegen die Wand gelehnt und blickt schweigend auf die Hutschachtel auf dem Schrank.

„Am besten, du kümmerst dich darum, bevor es anfängt zu stinken. Das ist unangenehm in so einem kleinen Raum, glaub mir, wir hatten das Problem schon öfter."

Was bildet die sich ein, so mit Steinberg zu reden, die ist doch höchstens dreizehn! Scheint hier die Obergöre zu sein.

„He. Kannst du nicht sprechen oder nicht hören oder beides?"

Steinberg hebt den Kopf etwas zu ruckartig und stöhnt. Wo kommen nur die verdammten Kopfschmerzen her. „Scheiße!"

Der kleine Junge schüttelt missbilligend den Kopf. Seine Brille ist fast so groß wie sein Gesicht. Steinberg schätzt ihn auf höchstens acht. Obwohl – sie kennt sich mit dem Alter von Kindern nicht so gut aus.

„Hat sie in die Hosen gemacht?" Das vielleicht fünfjährige Mädchen blickt in Steinbergs Richtung. Steinberg hat sich in Gegenwart von Kindern nie besonders wohl gefühlt. Sie machen sie verlegen. Manchmal sind sie ihr regelrecht unheimlich. Je jünger, um so mehr.

„Ja, aber es scheint sie nicht zu stören", antwortet die Obergöre.

„Es stinkt schon." Die Fünfjährige rümpft angewidert die Nase.

Graue Wände. Ein Waschbecken. Ein schmutziger Fußboden. Ein Spind. Ein paar Decken. Und eine Hand voll merkwürdiger Kinder.

„Scheiße."

„Scheiße, ja, aber kannst du noch was anderes sagen außer Scheiße."

Steinberg seufzt. „Was ist das hier? Wieso seid ihr hier?"

„Wieso bist du hier?"

„Ich habe eine Brieftasche gestohlen."

„Hier kommt keine her, nur weil sie eine Brieftasche gestohlen hat. Du hast es dir mit allen verdorben, stimmt's."

„Ich weiß wirklich nicht, wovon du sprichst."

„Ach, wirklich nicht?" Das Mädchen lacht.

„Nein, wirklich nicht. Also, warum seid ihr hier?"

„Wir sind hierher geflohen. Aber sie trauen uns nicht. Wir sind unberechenbar, sagen sie. Wir sind zu jung. – Aber warum bist du hier?"

„Vielleicht, weil ich mich verliebt habe."

„Und der, in den du dich verliebt hast, ist verschwunden."

„Ich hab sie heute gesehen."

Irgendwie gibt es Steinberg plötzlich einen Stich ins Herz, als sie von Joanna redet. Sie muss sich zusammenreißen, um nicht zu weinen. Das scheint das Mädchen zu berühren.

„Du hattest einen bösen Traum? Vorhin, als du dich nass gemacht hast? Du hast dich nass gemacht, als du bewusstlos warst."

„Mir ist schlecht."

„Es war ein harter Schlag. Dein Gesicht ist ganz voll Blut."

Steinberg greift sich an die schmerzende Stelle am Kopf. Erst jetzt bemerkt sie die Wunde und das verkrustete Blut.

„Ich kann mich gar nicht erinnern."

„Ich heiße Cat, ich kann alles", sagt die Dreizehnjährige und geht hinüber zur anderen Seite des Raumes. Sie legt eine Hand auf die Schulter des Jungen mit der zu großen Brille. „Das ist Hugo. Hugo kann nicht sprechen. Und das ist Carol. Carol kann nicht sehen. Und das", Cat geht auf den Spind zu und zieht eine kleine Gestalt aus der Ecke, die Steinberg bisher gar nicht bemerkt hat. Noch ein Kind. Vielleicht zwei Jahre alt. „Wer das ist, wissen wir nicht. Sie spricht nicht, aber ich glaube nicht, dass sie stumm ist. Sie ist nur sehr scheu. Wir nennen sie Esther."

„Esther? Warum Esther?"

„Wie meine Katze. Sie war genauso scheu und hat sich immerzu versteckt. Außer vor mir natürlich. Sie wurde eingeschläfert. Und das", Cat zeigt mit dem Finger auf ein kleines weißes Bündel auf dem Fußboden, das Steinberg bisher für ein zusammengeknülltes Laken gehalten hat. „Was das ist, wissen wir nicht. Wir wissen nur, dass es lebt. Es atmet und hat wohl auch ein Herz, das schlägt ... Nein, bleib sitzen! Stör es nicht, es schläft."

„Wer bist du?" fragt das blinde Mädchen. Sie trägt ein kleines Faltenröckchen mit roten Trägern. Ein himbeerbonbonrotes Faltenröckchen, mit erdbeerimitationsroten Trägern.
„Ich bin Steinberg."
„Ist das dein Vorname?" fragt Cat.
Steinberg schüttelt den Kopf.
„Wir nennen uns hier alle beim Vornamen."
„Brook."
„Brook, würdest du dich und deine Hose bitte waschen!"
Steinberg zuckt mit den Schultern. Die Sache ist ihr peinlich.
„Mach dir nichts draus. Es ist uns allen schon so gegangen. Esther passiert es ständig."
„Esther ist ein Kind, aber ich ..."
„Esther hat auch Angst. So wie du. So wie wir alle."

Steinberg steht neben dem Waschbecken und zögert.
„Wir drehen uns alle um. Kommt, wir drehen uns um, damit Brook sich waschen kann."
„Warum?" fragt Carol.
„Weil Brook sich schämt."
„Warum?"
„Muss Carol sich auch umdrehen?", fragt Cat, „Sie kann sowieso nichts sehen."
„Nein."
Cat nimmt Hugo und Esther bei der Hand und dreht sie zur Spindwand, die der Wand mit dem Waschbecken gegenüberliegt. Nur Carol bleibt stehen.

Ganz langsam die Hose abstreifen, erst die Jeans, dann die Unterhose, immer wieder vorsichtig einen Blick auf die Ecke mit den Kindern werfen, dass sie sich auch ja nicht umdrehen. Bei Kindern lässt sich schwer sicher sein. Sie sind unberechenbar. Vor allem sind sie neugierig. Steinberg kommt sich plötzlich fürchterlich albern vor.
„Womit soll ich mich denn waschen?"
„Mit Wasser."
„Hat sie sich noch nie gewaschen?", fragt Carol.

„Ich weiß, dass ich mich mit Wasser waschen soll, aber womit sonst noch?"

„Seife ham wir nicht."

„Ich brauche einen Lappen oder einen Schwamm ... Und ein Handtuch."

Ein leises Glucksen aus der Ecke mit den Kindern. Steinberg dreht sich schnell um. Sie stehen alle ganz still da, brav mit dem Gesicht zum Spind.

„Hier kannst du dich nur mit Wasser waschen. Mit sonst nichts."

Das Wasser ist verdammt kalt.

„Warum schämt sie sich? Ist sie so hässlich?", fragt Carol.

„Ich weiß nicht, ob sie hässlich ist", antwortet Cat, „Ich kann sie ja nicht sehen. Angezogen sah sie jedenfalls nicht besonders hässlich aus."

„Vielleicht hat sie ja dicke Pickel auf dem Po oder einen knubbeligen Bauchnabel." Diese Carol gibt einfach keine Ruhe.

„Kannst du ihr sagen, sie soll ihren Mund halten!"

„Wer soll wem sagen, dass wer den Mund halten soll?", fragt Cat.

„Du, Carol."

„Sag es ihr doch selber!"

Wieder ein Glucksen. Sie verbeißen sich das Lachen. Ob Hugo lachen kann? Sonst bleiben ja nur Esther und Cat. Carol ist es nicht. Das Glucksen kommt eindeutig aus einer anderen Richtung. Esther scheint das Ganze sowieso nicht zu begreifen. Außerdem macht sie nicht den Eindruck, als ob sie überhaupt lachen könnte. Also Cat. Cat ist eine Schlange.

„Spielen wir lieber etwas anderes, wo ich auch mitspielen kann! Ich langweile mich so" quengelt Carol.

Steinberg seufzt. Ein Spiel also! Blitzschnell dreht sie sich um und blickt in Hugos grinsendes Gesicht. Er zuckt mit den Schultern. Er ist ein guter Verlierer. Esther starrt ausdruckslos auf Steinbergs nackte Füße. Nur Cat sieht schuldbewusst aus.

Wieder ist ein Glucksen zu hören. Es kommt von dem kleinen schwarzen Bündel auf dem Fußboden. Steinberg grinst und hält die gewaschene Jeans hoch. Das Wasser tropft auf den schwarzen PVC-Fußboden. „Wo soll ich das aufhängen? Und vor allem, was zieh ich jetzt an?"

4

In eine Decke gehüllt sitzt Steinberg auf dem Fußboden, direkt neben der Tür, an die Wand gelehnt. Scheint jetzt ihr Stammplatz zu sein. Sie blickt auf das kleine vergitterte Fenster direkt unter der Decke. Der Raum muss sich im Keller befinden. Komisch, Steinberg hatte den Eindruck, die Männer hätten sie die Treppe hinaufgeschleppt.

„Was siehst du?" hat Steinberg gefragt, als sie für Cat Baumleiter stand, die Steinbergs Jeans an einen der Gitterstäbe hängen wollte.

„Gar nichts", hat Cat geantwortet.

„Vielleicht ist es ja schon Nacht." Steinberg wundert sich, wo ihre Uhr geblieben ist.

„Auch tagsüber ist nichts zu sehen."

„Woher weißt du das?"

„Weil nie etwas zu sehen ist. Oder glaubst du, wir haben das nicht überprüft?"

„Mir ist kalt", sagt Steinberg und zieht die Decke noch enger um sich.

„Verdammt kalt", antwortet Cat, „Kommt! Lasst uns Laurenzia spielen! Dann wird uns wieder warm."

„Was?"

„Laurenzia. Kennst du das nicht? Immer wenn uns kalt wird, spielen wir Laurenzia."

Die Kinder haben in der Mitte des Zimmers einen Kreis gebildet.

„Komm, Brook!" Cat streckt Steinberg die Hand entgegen.

„Keine Lust. Ist mir zu albern."

„Dumme Kuh!"

Cat hat sich wieder in den Kreis der Kinder eingereiht, die nun zu singen beginnen, während sie im Kreis herumgehen. *Laurenzia* (an dieser Stelle gehen die Kinder in die Hocke und gleich darauf wieder hoch*), liebe Laurenzia* (Hocke) *mein, wann wollen wir wieder beisammen* (Hocke) *sein. Am Mohontag* (Hocke*). Ach wenn es doch bloß wieder Montag* (Hocke) *wär und ich bei meiner Laurenzia* (Hocke) *wär, Laurenzia* (Hocke) *wär* ...

„Selber dumme Kuh!" Steinberg brummt es mehr in sich hinein, als dass sie Cat damit beschimpft. Außerdem kommt es viel zu spät.

Laurenzia, liebe Laurenzia mein, wann wollen wir wieder beisammen sein. Am Diehienstag. Ach wenn es doch bloß wieder Montag, Dienstag wär, und ich bei meiner Laurenzia wär, Laurenzia wär ...

Es muss doch irgendwie möglich sein hier herauszukommen.
„Wann gibts denn hier zu essen?"
„Ich weiß nicht", hat Cat geantwortet.
„Gibt es denn nichts zu essen?"
„Doch, reichlich. – Hin und wieder."
„Ich dachte, wir könnten sie vielleicht überrumpeln, wenn sie uns Essen bringen."
„Weißt du, wie viele es sind?"
Steinberg schüttelt den Kopf.
„Ich weiß es auch nicht. Aber es sind viele."

Laurenzia, liebe Laurenzia mein, wann wollen wir wieder beisammen sein. Am Miehittwoch. Ach wenn es doch bloß wieder Montag, Dienstag, Mittwoch wär, und ich bei meiner Laurenzia wär, Laurenzia wär ...

Die kräftige rauhe Stimme von Cat. Und irgendwo im Hintergrund der leise Singsang Carols. Sie liegt immer einige Töne daneben. Hugo bewegt nur seine Lippen. Esther schweigt. Dem weißen Bündel scheint das ganze zu gefallen. Obwohl Steinberg zunächst annimmt, das „Bäh" sei ein Ausdruck des Missfallens. Aber es ist wohl einfach nur seine Art, Laurenzia mitzusingen, um sich aufzuwärmen – vermutlich ...

Laurenzia, liebe Laurenzia mein, wann wollen wir wieder beisammen sein. Am Donnerstag. Ach wenn es doch bloß wieder Montag, Dienstag, Mittwoch, Donnerstag wär, und ich bei meiner Laurenzia wär, Laurenzia wär ...

„Wie lange seid ihr schon hier?"

„Bestimmt schon seit mindestens fünf Tagen. Könnte auch schon eine Woche sein. Vielleicht sind es auch schon sechsunddreißig Wochen. Aber dann wären wir bestimmt schon verrückt geworden. Das würden wir doch merken? Vielleicht merken wir's auch nur nicht. Vielleicht sind wir ja schon tot. Alle in die Hölle gekommen. Vielleicht ist es ja auch der Himmel. Und wir merkens bloß nicht."

Steinberg hat der Humor schon vor ein paar Stunden verlassen.

„Dämliche Ziege!"

Laurenzia, liebe Laurenzia mein, wann wollen wir wieder beisammen sein. Am Fraheitag. Ach wenn es doch bloß wieder Montag, Dienstag, Mittwoch, Donnerstag, Freitag wär, und ich bei meiner Laurenzia wär, Laurenzia wär ...

„Hör doch auf, gegen die Tür zu trommeln, das nützt doch nichts."

„Und was gedenkst du zu tun? Hast du die Absicht, hier zu bleiben für immer und ewig? Bis wir tot sind?"

„Glaubst du, ich habe mir keine Gedanken gemacht. Gedanken hab ich mir gemacht. Nicht wie bescheuert gegen die Tür getreten."

„Cat hat den Spind umgeworfen. Aus Wut."

„Carol, halt den Mund!" Cat ist jetzt wirklich sauer.

Laurenzia, liebe Laurenzia mein, wann wollen wir wieder beisammen sein. Am Sahamstag. Ach wenn es doch bloß wie-

der Montag, Dienstag, Mittwoch, Donnerstag, Freitag, Samstag wär, und ich bei meiner Laurenzia wär, Laurenzia wär ...

„Die Tür kriegen wir nicht auf. Nicht mal, wenn wir Werkzeug hätten. Wir haben ja nicht mal einen Löffel. Ans Schloss kommen wir nicht ran. Und dann ist sie auch noch aus Stahl. Diese verdammte Tür! Das Fenster? Die Gitterstäbe. Auseinanderbiegen? Ich schaffs nicht. Und du? Sieht aus wie Pudding, was da um deine Oberarme schlabbert.“

„Musst du mich ständig beleidigen?“ Jetzt ist Steinberg auch sauer.

„Deine Anwesenheit bringt uns hier auch nicht weiter. Lass doch den Spind in Ruhe! Dumme Kuh! Was willst du denn mit dem Spind?“

„Könnte doch was drin sein. Werkzeug oder so. Da bist du wohl noch nicht drauf gekommen, was. Blödes Gör!“

Wow. Sie prügeln sich. Cat und Brook prügeln sich. Huuuuuuh. Glucks. Bäh.

Eine kleine Platzwunde am Kopf. Nach einer Weile noch eine blutige Lippe, ein abgebrochener Zahn, mehrere blaue Flecken, Hunger, Durst, furchtbar kalte Füße, zu guter Letzt noch ein Alptraum: Der weißen Decke entsteigt ein riesiges grauenhaftes oranges Monster mit Rote-Beete-rotglühenden Augen und schwebt auf Steinberg zu. Ob es Steinberg etwas tut oder nicht, werden wir nie erfahren, denn Steinberg wacht vorher auf.

Laurenzia, liebe Laurenzia mein, wann wollen wir wieder beisammen sein. Am Sohonntag. Ach wenn es doch bloß wieder Montag, Dienstag, Mittwoch, Donnerstag, Freitag, Samstag, Sonntag wär, und ich bei meiner Laurenzia wär, Laurenzia wär ...

„Wo ist denn hier das Klo?“

Carol geht zu der Ecke zwischen Fenster und Spind und holt einen Nachttopf aus dem Schatten.

„Es gibt eine Klappe. An der Tür. Wir kriegen sie nicht auf. Glaub mir. Ich hab's schon versucht," sagt Cat, aber Steinberg versucht es lieber selber noch mal. Es ist das letzte, was sie versucht, ehe sie in eine mindestens sechsunddreißig Stunden dauernde Depression verfällt, während der sie nur apathisch auf ihrem Stammplatz sitzt und den Kindern nicht einmal mehr bei ihrer Laurenzia zusieht. Plötzlich, nachdem sie von einem kurzen Schlummer erwacht und ihre eisigen Füße als besonders quälend empfindet, steht sie auf, geht zum Kreis, reiht sich ein und singt voller Inbrunst und immer zum korrekten Zeitpunkt in die Hocke gehend:

Laurenzia, liebe Laurenzia mein, wann wollen wir wieder beisammen sein ...

5

Peng. Eine grünbehaarte Hand hat die Klappe an der Tür zugeknallt.

„Haben die da draußen grünes Licht oder sind die so grün?"

Cat ist zu beschäftigt, um gleich zu antworten. Bloß womit? Sie starrt auf die Hutschachtel auf dem Spind.

„Brauchen wohl etwas Auslauf", beantwortet sie schließlich Steinbergs Frage nicht. Oder doch?

„Du meinst, deswegen sind sie so grün?"

„Nein. Deswegen knallen sie die Klappe immer so zu. Zuviel überschüssige Energie."

Hugo begutachtet den neuen Nachttopf eine Weile. Dann trägt er ihn zu seinem Stammplatz im Schatten des Spinds.

„Nichts Neues. Keine Feile drin?"

Als Antwort erhält Steinberg einen lauten Furz. Vielleicht hat sie ja nichts besseres verdient.

„Was ist eigentlich mit euren Eltern?"

Cat zuckt mit den Schultern. Carol fängt laut an zu heulen. Und Cat ist eine Weile damit beschäftigt, sie zu trösten, wiegt sie in ihren Armen und singt ein Lied.

„Warum kriege ich hier auf meine Fragen keine Antworten?"

„Wozu über etwas sprechen, was so offensichtlich ist?"

„Liebe Cat, wenn für mich die Antworten so offensichtlich wären, würde ich diese Fragen nicht stellen. Ganz offensichtlich weißt du mehr als ich. Und ganz offensichtlich brauche ich deine Hilfe, Cat, um das Offensichtliche zu erkennen."

Cat schaut Brook in die Augen. In ihrem Blick liegt sehr viel Wärme. Aber sie sagt nichts.

In dieser Nacht weint Cat.

Nacht?

Abend ist, wenn die Klappe sich öffnet und Hugo den gebrauchten Nachttopf zur Tür bringt, um ihn gegen einen sauberen zu tauschen. Es ist immer Hugo, der den Nachttopf tauscht. Morgen ist, wenn der Nachttopf erneut getauscht wird. Dazwischen ist Nacht. Nacht beginnt, wenn Carol zum Lichtschalter neben der Tür geht, um das Licht auszuschalten. Es ist immer Carol, die das Licht ausschaltet. Bevor Hugo den Nachttopf austauscht, wechselt Cat noch ein letztes Mal dem weißen Bündel die Windeln. Es ist immer Cat, die die Windeln wechselt.

Bevor Carol das Licht ausschaltet, geht Brook heute zum Waschbecken und trinkt einen Schluck Wasser. Es schmeckt nach Chlor. Dann faltet sie ihre Decke auf und legt sich auf ihren Schlafplatz. Auch Cat und Hugo haben sich schon hingelegt. Esther schläft schon lange. Das weiße Bündel hat keine festen Schlafzeiten. Manchmal gluckst es die ganze Nacht hindurch.

Brook Steinberg liegt lange wach und lauscht auf die Geräusche der Kinder. Das gleichmäßige Atmen, das Rascheln der Decken, hin und wieder ein leises Stöhnen, das Knirschen von Zähnen ... Und heute glaubt Brook sogar, das Knurren der Mägen zu hören, denn es gab schon seit zwei Tagen nichts mehr zu essen.

Esther spricht häufig im Schlaf.

Und heute weint Cat. Cats Schluchzen ist der Schlüssel zu einer verschlossenen Tür. Plötzlich steht sie weit offen. Bilder gehen ein und aus. Traurige Bilder, die ihre Traurigkeit verströmen, den ganzen Raum ausfüllen mit ihrer schweren Traurigkeit. Wie jemals hier herauskommen? Was geschieht mit uns? So viele verlorene Freundinnen. So viele zerschlagene Hoffnungen ... Joanna. Tyan. Tot? Verschwunden. Verschwunden, was ist das?

Brook weint. Und Traurigkeit bleibt Traurigkeit. Und doch verändert sie sich. Ein ganzer Raum voll schwerer Traurigkeit wird zu einem Raum voll leichter Traurigkeit. Brook Steinberg weint sich müde und einen Klumpen Hoffnung in den Bauch, der seine Wärme überall hin ausstrahlt. Brook erinnert sich an die Hutschachtel auf dem Spind und versucht sie sich vorzustellen. Mit dem Bild der Hutschachtel schläft sie schließlich ein.

„Was ist eigentlich mit der Hutschachtel auf dem Spind?"
„Ein Hut. Womöglich ein Hut."
Cat ist gerade wieder dabei, Windeln zu wechseln.
„Habt ihr noch nicht nachgesehen?"
„Nein."
„Ich hab von der Hutschachtel geträumt", sagt Steinberg.
„Und was war drin?"
„Ein Schraubenzieher."
„Ein Schraubenzieher!" Cat lacht.
„Wie kommt es, dass wir nie nachgesehen haben, was in der Hutschachtel ist?"
„Glaubst du, sie legen uns so etwas wie einen Schraubenzieher in eine Hutschachtel auf den Spind? Glaubst du, sie tun so etwas Unwahrscheinliches?"

Nicht einmal Brook reicht an die Hutschachtel heran. Hugo klettert auf Brooks gefaltete Hände und dann auf ihre Schultern. Beim Herunterklettern mit der Hutschachtel verliert Hugo das Gleichgewicht und fällt zum Glück auf den blauen Plastiksack mit den verbrauchten Windeln. Die Hutschachtel liegt auf dem Fußboden, der Deckel daneben, ein paar Zentimeter weiter der Inhalt. Es ist ganz einfach für Cat und Brook, mit dem Schraubenzieher den Spind aufzubrechen.

6

„Du kannst also Gitarre spielen?" fragt Cat.
„Ein bisschen. Nur ein bisschen."

Der Spind ist so gut wie leer. Kein Hammer. Kein Meißel. Kein Beil. Keine Säge, nicht mal eine Laubsäge. Nichts zu essen. Nicht mal trocken Brot oder Mehl. Keine Kleidung. Keine Decken. Nichts zum Heizen. Nicht mal Streichhölzer. Kein Papier. Erst recht keine Brieftaube. Kein Funkgerät. Nicht mal ein Morseapparat. Und natürlich kein Bleistift. Auch kein Hut. Nur ein Gitarrenkoffer.

Ein schwarzer Gitarrenkoffer. Er liegt auf dem Fußboden. Mitten im Zimmer. Und drumherum stehen die Kinder, die Münder offen. Da steht auch Brook. Erstaunt. Ängstlich. Sie stehen nur da und betrachten diesen schwarzen Gitarrenkoffer, zögern den Augenblick der Enttäuschung hinaus. Cat ist die Erste, die sich bewegt. Sie beugt sich hinunter, klappt die erste der drei Schnallen hoch, dann die zweite und schließlich ...

Es ist tatsächlich nur eine Gitarre, eine Konzertgitarre. Sieht aus wie neu. Der Lack glänzt im Licht der matten Glühbirne. Cat nimmt sie vorsichtig heraus, sieht sie sich genau an – wirklich und wahrhaftig nichts als eine Gitarre – und lehnt sie vorsichtig gegen den Spind. Auch im Kofferfach ist nichts Nützliches zu finden: ein Capo Daster, ein Plektrum, ein Satz Nylonsaiten ... Nichts.

Da steht sie, gegen den Spind gelehnt, die glänzende Gitarre, und keine beachtet sie, alle sitzen schweigend da, die Augen geschlossen oder den Blick auf den Boden gerichtet. Die Füße werden immer kälter, die Kälte frisst sich tief in die Knochen. Keine spielt Laurenzia. Cat wechselt nicht einmal mehr Windeln. Das weiße Bündel schreit schon eine ganze Weile. Kein

Glucks. Kein Huii. Nicht einmal Bäh. Etwas ganz anderes, Schreckliches, Undefinierbares, Unbeschreibliches. Hugo weint. Esther stirbt. Irgendwann im Laufe des Tages reißt mit einem lauten Klong eine der Saiten der Gitarre.

Nur Brook denkt den ganzen Tag an nichts anderes als an diese Gitarre und daran, ob sie es wagen soll, sie zu spielen, ob es der Situation angemessen ist, dieses verhasste Objekt zum Klingen zu bringen, ob die anderen nicht empört aufspringen und sie, Brook, lynchen werden.

„He! Was ist los?" Die Klappe an der Tür steht offen. Ein behaarter Arm. Ein grünes Gesicht. Zwei grüne Augen. Es ist Zeit, den Nachttopf zu wechseln. Cat ist aufgestanden, sich die Füße vertreten. Sie bringt den gebrauchten Nachttopf zur Tür und stellt den neuen neben den Spind.

„Ich glaube, Esther ist tot."
„Was?"
Brook ist aufgesprungen. Sie steht jetzt neben Cat und beugt sich wie sie zu Esther hinunter. Esthers Haut ist ungeheuer blass. Brook berührt ihr Gesicht und schreckt zurück. Esther ist kalt. Sie liegt auf dem Rücken, die Augen offen und starrt zur Decke. Esther atmet nicht mehr. Brook kann keinen Puls mehr finden.

„Sie muss schon vor ein paar Stunden gestorben sein."
„Warum bloß."
„Ich schätze, sie war krank."
„Krank?"
„Ich weiß auch nicht. Ich vermute es. Sieh nur, wie dünn sie ist! War." Cat schließt Esthers Augen und faltet ihre Hände. Dann schließt sie ihre eigenen Augen und faltet ihre eigenen Hände.
Brook fühlt sich hilflos. „Und jetzt?"
„Was jetzt?"
„Was tun wir jetzt?"
„Was können wir jetzt schon tun?"
„Wir können ihr ein Lied singen", schlägt Carol vor.

„Du kannst Gitarre spielen?"

„Ein bisschen. Nur ein bisschen", antwortet Brook und er-setzt die gerissene hohe E-Saite mit einer Ersatz-E-Saite aus dem Kofferfach. Dann gesellt sie sich zu den Kindern, die sich eng beieinander neben Esthers Leiche niedergelassen haben und begleitet ihre Lieder mit der Gitarre. Am Ende ist es nur noch Brook, die singt. Hugo und Carol sind schon lange einge-schlafen. Auch Cat hat sich hingelegt. Und als auch sie endlich eingeschlafen ist, steht Brook auf, löscht das Licht, legt sich mit ihrer Decke neben Cat und schläft ein.

7

Brook ist aufgewacht. Cats Arm liegt auf ihrem Bauch. Sie spürt Cats warmen Körper neben sich. Esther ist tot, erinnert sie sich. Dann erst nimmt sie den grünen Lichtstrahl bei der Tür wahr. Zeit zum Nachttopf wechseln? Warum hat Hugo noch nicht das Licht eingeschaltet und warum bringt Carol nicht den Nachttopf zur Tür?

Schlafen sie denn alle noch? Hat sie nicht das Geräusch der Klappe geweckt? Moment! Brook hat sich aufgerichtet und schaut zur Tür. Es ist ja gar nicht die Klappe. Es ist die Tür. Sie steht einen Spalt offen. Brook springt auf, rennt zur Tür, reißt sie sperrangelweit auf und blickt in den grünen leeren Flur.

Die Tür zur Backstube steht offen. Als Brook und Cat die Kinder die Treppe hinauf führen, sehen sie schon das gelbe Licht. Die Backstube ist keine Backstube, sondern ein Wohn-zimmer mit einem offenen Kamin. Es brennt ein Feuer. Die Stube ist warm. In der Ecke steht ein bunt geschmückter Weih-nachtsbaum. Brook legt das kleine weiße Bündel auf das blaue Sofa und schaut sich um.

Im Laden ist niemand. Durch das Schaufenster und die La-dentür blickt Brook auf die verschneite Straße.
„Es ist dunkel draußen, Cat."
„Ja."

„Und es schneit."

Cat steht jetzt neben ihr, legt den Arm um Brooks Hüfte und lehnt sich an sie.

„Es ist kurz nach acht." Cat schaut auf die Uhr hinter der Ladentheke.

„Der 24. Dezember?" Der Abreißkalender an der Wand muss nicht stimmen.

„Unter dem Weihnachtsbaum liegen Geschenke. Kannst du kochen, Brook?"

„Willst du etwa hierbleiben?"

„Wo willst du sonst hin?"

„Sie könnten zurückkommen."

„Warum sollten sie?"

„Wir wissen nicht, was passiert ist. Wir wissen nicht das Geringste."

„Wir wissen, dass es draußen kalt ist."

Keine stürzt sich auf den vollen Kühlschrank in der Küche. Alle warten auf Brook. Brook steht zwei Stunden in der Küche, neben sich ein Glas Rotwein, schneidet Gemüse, reibt Käse, würzt Soßen und rührt in Töpfen.

Alle nehmen sie ein Bad oder eine Dusche und riechen nach Seife und Hautcreme. Alle bekommen etwas zum Anziehen. Hugo einen blauen Anzug, ein weißes Hemd, eine blaue Fliege und dazu noch eine Brille, die zu seinem Gesicht passt. Carol bekommt ein Kleid mit weißen Spitzen, ein paar Lackschuhe, weiße Strümpfe und ein weißes Schleifchen fürs Haar. Cat bekommt eine rote Latzhose, ein blaugrünes Ringel-Sweatshirt und ein paar schneeweiße Tennisschuhe mit Socken. Brook bekommt ein weißes Hemd, eine Weste mit dunkelroten Blumen, eine rote Fliege, ein grünes Jackett, keine Schuhe, keine Hosen, dafür einen Hut. Das kleine schwarze Bündel bekommt eine neue weiße Decke, einen Schnuller, eine Rassel und ein großes Paket Windeln. Esther bekommt nichts. Esther ist tot.

Und dann liegen sie da, überall verstreut auf dem Teppich, die bunten Papierknäule, die gelockten Schleifen, die Teller, leer oder mit Essensresten, die Kinder, in Decken gehüllt, Cat und Brook aneinander gekuschelt. Und da stehen sie auf dem Tisch, die halb leeren Schüsseln, die Wein- und Saftgläser, da liegen die Brotkrümel und die Flaschenkorken, die Papierservietten, die matschigen Salatblätter ...

Das Licht ist ausgeschaltet. Das Feuer im Kamin erloschen. Und draußen beginnt es langsam zu dämmern.

Kapitel 4: Zahnärztinnen

1

Tyans Wagen ist der einzige in diesem schmutzigen Hof dieses zerfallenen Hauses am Rande der Stadt. Tyan selbst ist Brook schon vor langer Zeit abhanden gekommen. Der Schnee ist geschmolzen. Brook und die Kinder stapfen durch schlammige Pfützen. Es ist wieder wärmer geworden. Zum Glück. Doch der kalte Januar steht noch bevor.

„Und was machen wir jetzt?"

Cat hat sich dicht neben den kleinen Ofen gesetzt und in eine der vielen Decken gewickelt.

„Du musst dich um deinen Zahn kümmern, Cat. Du brauchst eine Krone."

„Sonst fällt dir nichts ein?"

„Das ist nicht unwichtig."

„Ich meine, wir sitzen hier in diesem Loch, haben kein Geld, haben nichts, und das erste, um was du dir Sorgen machst, sind meine Zähne. – Du musst dir Arbeit suchen. Als erstes such dir Arbeit. Am besten in einer Zahnarztpraxis. Das ist am praktischsten. Dann komm ich auch gleich zu meiner Krone."

„Was du dir wieder vorstellst. Ich meine, wie soll ich denn Arbeit bekommen? Ich habe keine Papiere, keinen festen Wohnsitz, werde vermutlich von der Polizei gesucht, ich habe kein Geld. Ich existiere praktisch nicht mehr."

„Besorg dir halt Papiere!"

Brook stöhnt nur.

„Wir könnten eine Bank ausrauben."

„Ich habe noch nie eine Bank ausgeraubt."

„So schwer kann das doch nicht sein."

„Ich stelle es mir ausgesprochen schwer vor. Ich hatte in der Schule schon Mühe beim Abschreiben. Eine Bank ausrauben stelle ich mir noch viel schwerer vor. Ich bin ziemlich schüchtern."

„Nun lass dir halt was einfallen!"

„Ich fühle mich von dieser Situation schlichtweg überfordert."

„Du hast jetzt eine Familie zu ernähren, also streng dich an. Ich versorge die Kinder, koche, und du schaffst das Geld ran. Windeln sind teuer. Und Kronen auch. Es wäre also gut, wenn du ne Menge Geld verdienen würdest. Außerdem müssen wir so schnell wie möglich viel Geld zusammenbekommen, damit wir hier abhauen können, bevor sie uns doch noch erwischen und abmurksen, findest du nicht auch?"

Brook sagt nichts dazu. Das ist am besten.

„Du könntest auf den Strich gehen."

„Wie wär's zur Abwechslung mal mit konstruktiven Vorschlägen."

„Oh, ich meine ja nicht mit Männern. Ich weiß ja, dass du auf so was nicht stehst. Es gibt aber sicher ne Menge reiche Frauen. Am besten wir suchen uns ein Hotel, in dem viele reiche Frauen absteigen. Zahnärztinnen zum Beispiel."

„Zahnärztinnen?"

„Ja, meine Mutter ist Zahnärztin, und sie ist oft zu irgendwelchen Zahnärztinnenkongressen gefahren."

„Deine Mutter war Zahnärztin?"

„Ich nehme an, sie ist es immer noch."

„Und warum bist du nicht bei ihr?"

„Ich hab eine bessere Idee: Du fährst zu meiner Mutter, machst, dass sie sich in dich verliebt, dann bringst du sie dazu, meinen Vater umzubringen, und dann, wenn sie ihr Testament zu deinen Gunsten geändert hat, dann bringst du sie um."

„Sind deine Vorschläge nicht etwas – exzentrisch?"

„Hast du bessere?"

„Ich meine, ich hatte auch nicht gerade das beste Verhältnis zu meinen Eltern, aber auf solche Ideen würde ich nun nicht kommen ..."

„Meine liebe Brook, du hast wirklich nicht die geringste Ahnung vom Leben. Sonst wüsstest du, auf was für Ideen Eltern manchmal kommen. Wahrscheinlich hast du keine Ahnung, was deine Eltern so alles mit dir angestellt haben. Ich wette, sie hatten auch ein paar ganz merkwürdige Ideen."

„Was meinst du damit?"

„Ich meine damit, dass du auch ne ganz schöne Macke hast, und so was kommt ja nicht von ungefähr, oder. – Ich halt meinen Mund nicht! Hab ich nie. Und weil ich ihn nicht halten wollte, wollten sie mir den Garaus machen. Meiner kleinen Schwester und mir. Bei meiner kleinen Schwester hat's funktioniert. Aber nicht bei mir. Ich bin noch am Leben. Lebst du denn noch, Brook? Dein Mund hat jedenfalls ganz schön gelitten. Du solltest dir mal Gedanken darüber machen, ob den nicht mal einer mit irgendwas gestopft hat."

„Cat, was versuchst du mir eigentlich die ganze Zeit zu sagen?"

„Hast du's noch immer nicht kapiert. Nein, wenn du noch nicht kapierst, hat's keinen Sinn, dir was zu erzählen. Zu riskant. Ich hab keine Lust, mir von dir den Mund stopfen zu lassen."

„Ach. Lass mich doch in Ruhe!", nimmt Brook ihre Jacke und geht.

2

„Warum um alles in der Welt, hast du dich in Tyans altem Bus versteckt?", fragt Terry. „Und was redest du da von vier Kindern, für die du sorgen musst."

„Natürlich kannst du in deine Wohnung. Warum auch nicht? Wo warst du bloß die ganze Zeit? Wir dachten, du bleibst nur eine Woche weg."

„Wieso sollte dich die Polizei suchen? Du hast doch nichts verbrochen, oder?"

„Natürlich wurde keine Leiche in deiner Wohnung gefunden. Wie sollte sie auch da hin gekommen sein?"

„Sandbau hab ich neulich im Naturkostladen getroffen. Sie hat den Wagen jetzt verkauft und sich einen neuen besorgt. Es scheint ihr gut zu gehen."

„Wer ist verschwunden?"

„Joanna Bach? Wer ist das denn? Übrigens hat deine Mutter angerufen, als ich bei dir die Blumen gegossen habe. Dein Großvater ist aus dem Krankenhaus entlassen worden. Du sollst zurückrufen. Sie macht sich Sorgen. Nun sag, wo warst du?"

„In einer Bäckerei?"

„Du hast doch eine gute Hausärztin, warum gehst du da nicht mal hin?"

„Du fühlst dich nicht krank? Jedenfalls – irgendwas stimmt mit dir nicht."

„Die Katzen? Haben wir einschläfern lassen, wir dachten du kommst nicht mehr zurück."

„Natürlich nicht! Beruhige dich! Es war nur ein Scherz. Den beiden geht es den Umständen entsprechend gut. Du hast sie ja schließlich einfach im Stich gelassen."

Als ich fünf Jahre alt war, erinnert sich Brook, hat meine Tante ein kleines Kätzchen mit zu meiner Großmutter gebracht. Damals lebte sie noch dort. Und auch ich war dort jeden Tag. Ich muss wohl sehr gerne mit ihm gespielt haben. Aber ich war sehr krank. Sie dachten sogar einige Zeit, ich würde sterben. Aber das wusste ich natürlich nicht. Niemand hat es mir gesagt. Und selbstverständlich habe ich es trotzdem bemerkt. Ich fühlte mich ständig vom Tod bedroht, aber wenn ich später vom Tod sprach, dann leugneten sie alles. Sie stellten es so hin, als sei ich merkwürdig. Komisch, nannten sie mich immerzu. Komisch. Das Kätzchen verschwand. Meine Tante erzählte mir später, sie hätten es töten lassen, aus Angst, es würde mich anstecken. Womit hätte ein kleines Kätzchen mich anstecken sollen? Mit seiner Lebendigkeit? Mir erzählten sie, es sei weggelaufen. Sie belogen mich. In Wirklichkeit war ich das kleine Kätzchen, das sie zu töten versuchten mit ihren Lügen, mit ihrer Angst vor dem Leben. Sie hätten es auch fast geschafft. Aber schließlich ist es mir doch gelungen zu fliehen, stark angeschlagen, aber noch lebendig. Aber obwohl die Verfolger längst das Interesse an mir verloren haben, bin ich noch immer auf der Flucht. Noch immer auf der Flucht, ohne wirklich verfolgt zu werden? Keine Leiche in meiner Wohnung? Keine verschwindet? Keine lässt verschwinden? Zuviel Phantasie? Alles in Ordnung? Weiß gar nicht, was du hast Brook. Alles in Ordnung. Alle sind lieb zu dir. Nicht einmal deine Katzen haben sie einschläfern lassen. Es sagen auch immer alle die Wahrheit.

„Wovon redest du, Brook? Niemand ist verschwunden.“

Doch, es verschwinden tatsächlich Menschen. Die alte Frau ist verschwunden. Joanna hat es mir erzählt. Ich glaube ihr. Jetzt ist Joanna verschwunden. Auch Tyan ist nicht mehr aufzufinden. Ich wurde tatsächlich mit fünf Kindern in den Keller einer Bäckerei gesperrt. Eins davon, ein kleines Mädchen, ist tatsächlich gestorben. Ja, Cat hat recht, es kommt tatsächlich vor, dass Eltern ihre Kinder ausliefern, anstatt sie zu beschützen, nicht nur das, mitunter sind sie es selbst, vor denen die Kinder beschützt werden müssten.

„Gibt es nichts wichtigeres als kleine Kätzchen. Deine Eltern waren besorgt. Sie sorgten sich um deine Gesundheit. Sie wollten dein bestes. Du warst ihnen wichtiger als das kleine Kätzchen.

„Es gibt kaum etwas wichtigeres als ein kleines Kätzchen.“

„Deine Gesundheit, Brook. Du.“

„Du begreifst es einfach nicht: Wenn ich, meine Gesundheit wirklich wichtig gewesen wären, dann hätten sie das kleine Kätzchen nicht getötet. Das, was sie veranlasst hat, das kleine Kätzchen zu töten, das genau war es, was meine Gesundheit, mein Leben, mich bedroht hat. Vielleicht ist es genau das, was Cat mir zu sagen versucht.“

„Ach, mach dich nicht lächerlich, Brook!"

3

Macht Brook sich lächerlich?

Brook zieht mit den Kindern in ihre Wohnung, kauft sich Zeitungen, liest die Stellenanzeigen, umkreist ein paar von diesen Stellenanzeigen mit dem Kugelschreiber, nimmt ihre ganzen Kräfte zusammen, greift zum Telefonhörer und bekommt einen Termin für ein Einstellungsgespräch.

„Meine Güte", sagt Brook zu Cat, „Sieh dir meine Schuhe an, in denen kann ich unmöglich zu einem Einstellungsgespräch gehen."

Cat zuckt mit den Schultern und räumt weiter den Frühstückstisch ab.

„Meinst du, ich sollte meine Fingernägel lackieren?" fragt Brook und blockiert Cats Weg zur Spüle und ihre Sicht, indem sie ihre Hände, Fingernägel voraus, vor Cats Augen hält.

„Ich würde sie erst mal saubermachen", erwidert Cat und schiebt Brook zur Seite.

Cat spült das Abendessen- und Frühstücksgeschirr, Brook geht einkaufen. Während Cat eingetrocknete Tomatensoße von Tellern kratzt, aufgequollene Spaghetti und, ebenfalls aufgequollenes, Katzenextrockenfutter aus dem Ausguss fischt, kauft sich Brook ein paar Schuhe, eine Nagelfeile, eine Kleiderbürste. Vor dem Regal mit dem Nagellack bleibt sie eine Weile stehen. Brook hat noch nie zuvor Nagellack besessen. Aber ihre Fingernägel sind in einem katastrophalen Zustand. Brook entschließt sich zu einem Kompromiss. Sie kauft farblosen Nagellack.

„Sieht auch nicht viel besser aus als vorher", meint Cat zu den Fingernägeln, „Und die fangen ja jetzt schon an zu stinken!" Cat zeigt auf die weißen Plastikschuhe, die Brook gekauft hat und dann auf die Kleiderbürste, „Und meinst du

wirklich, du kriegst damit die Katzenhaare von deinen Kla-
motten?"

Brook bekommt den Job trotzdem. Sie darf sogar sofort an-
fangen. Der enge weiße Kittel reicht ihr bis zehn Zentimeter
überm Knie. Sie hatte Mühe, das grobe weiße Tuch auf ihrem
Kopf zu befestigen. Die Köche habens da einfacher. Sie tragen
weiße Hosen und Kochmützen. Und sie dürfen kochen. An
Brook Steinbergs Armen klebt bis zu den Ellenbogen Soße.
Bratensoße und Salatsoße und Dessertsoße. In Schüsselchen
und auf Tellern auf weißen Tabletts kommen sie herein gefahren. Brook und die andere Frau stecken sie auf Körbe und
schicken sie durch einen Tunnel. Die Reste vom Mittagessen
setzen sich unter den Fingernägeln fest. Aber das ist nicht so
schlimm, spätestens beim Töpfeschrubben werden sie wieder
heraus gespült. So schön saubere Fingernägel hatte Brook
schon lange nicht mehr.

Auf dem Nachhauseweg kauft Brook eine Flasche Wein
und ein paar Flaschen Saft. Und als sie nach Hause kommt,
steht das Abendessen schon auf dem Tisch.
„Schmeckts?", fragt Cat.
Brook stochert in ihrem Essen, zögert. „Wie wär's denn,
wenn du in Zukunft das Kochen mir überlassen würdest?"
„Aber du musst doch schon arbeiten gehen. Du bist sozusa-
gen der Hausherr, der Vater, der Ernährer."
„Nein." Brook schüttelt energisch den Kopf. „Sehen wir
den Tatsachen ins Auge. Ich bin kein Hausherr, kein Vater,
Ernährerin vielleicht. Und du kannst nicht kochen. Und wenn
ich schon arbeiten gehen muss, dann will ich wenigstens etwas
essen, was mir auch schmeckt."

4

Um fünf Uhr klingelt der Wecker. Die Öfen anzünden: erst
Papier und Holz, dann Briketts darüber stapeln, die Klappen
öffnen, die am Ofenrohr und die untere, den Metallbehälter mit
der roten Asche herausnehmen, ausleeren und daneben stellen,

das Papier anzünden. Die Katzen füttern, das Katzenklo sauber machen, Kaffee kochen, den Frühstückstisch decken. Die Kinder sind jetzt auch schon wach. Vorm Weggehen, wenn die Briketts schon genügend durchgeglüht sind, die Ofenklappen schließen.

Besonders warm wird es hier nicht. Es ist Mitte Januar. Die Öfen müssen eigentlich gereinigt werden, aber Brook kann sich das nicht leisten. Vier Kinder zu ernähren, ist nicht so einfach. Da bleibt nicht viel übrig. Einkaufen. Das Abendessen kochen. Wäsche waschen. Und dann endlich lesen. Aber Cat gefällt das gar nicht. Cat erhebt Anspruch auf Brooks Zeit, weil sie glaubt, Brook habe Anspruch auf Cats Zeit. Weil Brook doch der Vater ist, weil Brook doch die Kinder ernährt. Und weil der Vater doch das Geld herbeischafft, müssen die Kinder und die Frau für ihn sorgen. Und wenn Cat schon nicht kochen und Wäsche waschen kann – Cat hat einen von Brooks Lieblingspullovern zu heiß gewaschen – dann muss sie Brook wenigstens auf andere Weise versorgen. Lässt sich Cats Anmache vielleicht anders erklären? Steht Brook am Herd, stellt Cat sich hinter sie und schiebt ihre Hand zwischen ihre Beine, liegt sie auf dem Bett und liest, stört sie nicht nur der ständig laufende Fernseher, Hugos Gepolter, Carols Gesang, das Geschrei des weißen Bündels, nein, auch Cat lässt sie nicht in Ruhe, schiebt ihre eisigen Hände unter Brooks Pullover und legt sie auf ihre Brüste, drückt ihr Knie zwischen Brooks Beine und versucht sie zu küssen.

„Verdammt Cat! Was soll das.“
„Erzähl mir nicht, du bist nicht scharf auf mich!“
„Ich bin nicht scharf auf dich. Ich möchte lesen.“
„Magst du mich denn nicht?“
„Natürlich mag ich dich. Aber nicht so. Du bist doch noch ein Kind.“
„Ich bin kein Kind mehr.“
„Auf jeden Fall bist du zu jung für mich.“
„Ich bin älter, als du glaubst.“
„Cat, warum tust du das?“
„Weil ich merke, dass du scharf auf mich bist.“

„Ich bin nicht scharf auf dich. Und ich hab auch nicht das Gefühl, dass du scharf auf mich bist."

Cat springt auf vom Bett. Cat ist wütend. „Irgendetwas stimmt mit dir nicht, Brook."

Brook ist nicht mehr gerne zu Hause. Nach der Arbeit setzt sie sich lieber in ein Café und liest ein Buch. Nach dem Abendessen geht sie aus, besucht Vorträge, geht ins Kino oder in eine Kneipe. Das kostet Geld. Mehr Geld, als Brook eigentlich für sich alleine ausgeben dürfte. Brook braucht mehr Geld. Nur woher soll sie es bekommen?

„Hör auf, mich ständig anzumachen!", brüllt Brook.

„Hör auf, ständig wegzugehen! Du bist egoistisch. Vernachlässigst uns. Gibst zuviel Geld für dich allein aus und wir haben nicht mehr genug zu essen."

„Das ist nicht wahr! Hungern musstet ihr bisher nicht."

„Du hast uns verlassen." Cat weint.

„Quatsch! Ich bin doch da."

„Du wirst gleich wieder gehen. Du hast eine Verabredung. Hab ich nicht recht?"

5

Der Frühling ist gekommen. Aber nicht die Frau, mit der Brook verabredet ist. Nicht diese und auch nicht die andere, und auch nicht die davor. So, wie Cat es prophezeit hat. Brook steht unter der Dusche und wäscht sich die Haare.

„Sie wird nicht kommen", sagt Cat, „Wirst schon sehen. Diese nicht und auch die nächste nicht."

Und Cat hat recht. Brook steht vor dem Kino und wartet. Weiße Blütenblätter legen sich auf ihr grünes T-Shirt und die nackten Arme, auf das frisch geschnittene Haar. Es ist nicht das erste Mal, dass Brook sich alleine einen Film im Kino ansieht. Im Gegenteil, Brook ist es gewohnt, die meisten Orte alleine zu besuchen.

„Sie wird nicht kommen. Sie fühlt sich von dir bedrängt. Nur deswegen hat sie überhaupt zugesagt."

Brook reibt sich mit Hautcreme ein und sucht sich ein schönes Hemd aus.

Brook steht neben der Säulenuhr und wartet. An der Säule lehnt das nagelneue Fahrrad, glänzend nass vom Gewitterregen. Cat hat es ihr übelgenommen, dass sie es gekauft hat. Für sich allein. Dabei braucht sie es doch so sehr. Nicht nur, um zur Arbeit zu fahren. Sie braucht es, durch die Straßen zu fahren und von den Frauen zu träumen, mit denen sie verabredet ist und die nie kommen, denen sie in Diskussionsgruppen, in Volkshochschulkursen, beim Billardspielen oder im Sub begegnet und die alle so ein furchtbar schlechtes Gedächtnis haben, dass sie die Verabredungen mit Brook vergessen.

Brook steht an der Bushaltestelle und wartet. Schneeflokken legen sich auf ihren schwarzen Wintermantel und auf ihr Haar und ihren Schal. Es ist zu kalt zum Fahrrad fahren. Vor den Mündern der Leute wehen Atemfahnen. Die Straßen sind feucht und die Luft riecht nach Kohlen.

„Tut mir furchtbar leid, Brook, aber ich hatte einfach zuviel zu tun, da hab ich's vergessen, ich ruf dich morgen an, oder nächste Woche, vielleicht auch erst in einem Jahr oder im nächsten Leben ..."

Die Nächte nach solchen vergeblichen Verabredungen sind furchtbar. Furchtbar leer und einsam. Brook sitzt am Küchentisch, den Kopf auf die Hände gestützt und weint. Cat stellt sich hinter sie, legt ihre Hände auf ihre Schultern und ihre Wange an Brooks. „Sie ist nicht gekommen, aber ich bin doch da. Ich bin wirklich da."

Brook schiebt die Kaffeetasse ans andere Ende des Tisches, steht auf, nimmt ihren Rucksack und geht.

6

Cat hat recht, in dieser Stadt finden tatsächlich öfter mal Zahnärztinnenkongresse statt. Abends sitzen die Zahnärztinnen in der Hotelbar und unterhalten sich.

„Das ist doch ein guter Ort, um eine reiche Frau wie meine Mutter kennen zu lernen."

Brook hat Kopfschmerzen. Vom Qualm und vom blutroten Licht. Schon seit einer halben Stunde sitzt Brook an der Hotelbar, ein Glas Bier vor sich. Der Barhocker ist extrem unbequem. Aber die Tische sind alle besetzt. Zwar nicht alle Stühle, an manchen Tischen sitzt nur eine Frau. Rechts von ihr zum Beispiel sitzt eine Frau, die so etwa in Brooks Alter ist und blättert in einem Buch. Ein Buch über Zähne?

„Ja glaubst du denn, Zahnärztinnen lesen nur Bücher über Zähne?", fragt Cat. „Es gibt Zahnärztinnen, die lesen sogar Romane."

Brook schielt immer wieder zu dieser Frau hinüber, wartet darauf, dass sie das Buch vom Tisch aufhebt und Brook den Titel lesen kann. Aber sie blättert nur hin und wieder um, nimmt ihr Rotweinglas und trinkt einen Schluck oder rückt sich die spitze Brille wieder zurecht.

„Du kannst ihr ja eine Geschichte erzählen", schlägt Cat vor. „Geh einfach zu ihr hin und sag ihr vielleicht, dass sie dich an eine Geschichte erinnert und frag sie, ob du sie erzählen darfst. Verwickle sie in ein kluges Gespräch. Dann geh mit ihr tanzen. Und dann ..."

„Eine Geschichte erzählen, noch dazu eine, an die sie mich erinnert?"

„Du hast die Wahl, Brook, immer und ewig an Uhrensäulen warten und Kessel schrubben oder ..."

Brook steht vom Tisch auf, mit pochendem Herzen und einem komischen Gefühl im Bauch.

„Hallo!"

„Hallo!" antwortet die Frau und blickt fragend von ihrem Buch auf.

„Ich ... Ich frage mich die ganze Zeit: Ist das ein Buch über Zähne?"

„Nein", antwortet die Frau.

„Aber Sie sind Zahnärztin?

„Doch, ja."

„Ah, ja. – Hm. Da fällt mir eine Geschichte ein. Ich meine, Sie erinnern mich an eine Geschichte. Darf ich sie erzählen?"

„Setzen Sie sich doch."

Die Frau schiebt eine Postkarte in das Buch, schließt es und packt es in ihre Tasche.

„Kennen Sie das Krokodilsdilemma?"

„Erinnere ich Sie etwa an ein Krokodil?"

„Nein, nicht an das Krokodil."

„An das Dilemma?" Die Frau lacht.

Brook lacht ebenfalls: „Nein. Eigentlich erinnert mich die Geschichte doch nicht an Sie, ich meine umgekehrt, Sie an die Geschichte. Soll ich lieber wieder gehen?"

„Nun möchte ich es schon genauer wissen. Erzählen Sie!"

„Einer Mutter wird ein Kind von einem Krokodil weggeschnappt. Und das Krokodil hat nun also das Kind im Maul und die Mutter kommt und will es zurück haben. Und das Krokodil ist bereit, der Mutter das Kind zurückzugeben, wenn diese ihm sagen kann, was es als nächstes tun wird. 'Na, du wirst mein Kind fressen', sagt die Mutter. Tja, und da haben wir schon das Dilemma. Wenn das Krokodil das Kind frisst, dann hat die Mutter recht und das Krokodil muss das Kind zurückgeben. Wenn das Krokodil aber das Kind zurückgibt, dann hat die Mutter ja nicht recht und das Krokodil darf das Kind fressen. Was wird also geschehen?"

„Entweder das Krokodil frisst das Kind oder die Mutter erschlägt das Krokodil. Ich meine, das Krokodil hat Hunger und wird sich kaum davon überzeugen lassen, das Kind zurückzugeben. Also bleibt der Mutter nichts anderes übrig, als das Krokodil zu erschlagen, wenn sie das Kind zurück haben will. Bleibt noch die Frage, ob es ihr gelingt. Vielleicht hat sie ja nicht die Kraft, das Krokodil zu erschlagen, sondern wird auch noch vom Krokodil gefressen."

„Oh ... darauf kommen die in dem Buch nicht.“

„Tja.“ Die Zahnärztin zuckt mit den Schultern. „Und was jetzt?“

„Was meinen Sie?“

„Ich geh doch recht in der Annahme, dass Sie mich nicht angesprochen haben, um mir Krokodilsgeschichten zu erzählen, oder?“

„Nein, ich meine ja, Sie gehen recht in der Annahme ...“

„Also wohin gehen wir? Zu Dir oder zu mir?“

7

„Kennen Sie die Geschichte mit den Maden unter der Zahnprothese.“ Brook sitzt im Korbstuhl im Hotelzimmer der Zahnärztin. Die Zahnärztin seufzt und schüttelt den Kopf. „Von dem Zahnarzt, der einem alten Mann die Prothese rausnimmt und da drunter sind Maden. Der Mann hat die Prothese ständig getragen, sie war schon fast angewachsen.“

„Sie sind wohl eine Tierfreundin?“ Die Zahnärztin schiebt sich einen Löffel Erdbeeren mit Sahne in den Mund und seufzt.

„Ja, ich mag Katzen. Warum?“

„Weil Sie mir in der kurzen Zeit, die wir uns kennen, schon von Krokodilen und Maden erzählt haben. – Sind Sie sicher, dass Sie keine Erdbeeren mögen?“

Die Zahnärztin stellt die Erdbeerschüssel auf den Tisch und seufzt noch einmal. Brook hat keinen Hunger. Brook hat Angst. Was erwartet die Zahnärztin bloß von ihr? Ist sie enttäuscht? Warum fragt sie Brook nicht irgendetwas? Wo sie wohnt. Was sie macht. Welche Art Filme sie mag. Ob sie gerne ins Theater geht.

„Okay, und was jetzt?“ fragt die Zahnärztin und steht aus ihrem Sessel auf.

„Ich weiß nicht?“

„Wollen Sie lieber wieder gehen?“

„Ja. Nein. Ich meine, stimmt es wirklich, ich meine, kann es sein, dass der Mann Maden unter seiner Zahnprothese hatte? Kann so etwas wirklich passieren?"

Die Zahnärztin antwortet nicht. Sie hat das Zimmer verlassen, ist ins Bad gegangen. Und Brook hat begonnen, sich auszuziehen. Ganz. Als die Zahnärztin aus dem Bad zurück kommt, liegt Brook schon auf dem Bett. Die Zahnärztin hat sich nicht ganz ausgezogen. Sie trägt noch ihren BH und ihre Unterhose.

Die Zahnärztin schiebt ihre Zunge in Brooks Mund und streichelt ihren Rücken.

„Eine Frau hat erzählt, wie sie einmal einen Schokoladenapfel geschenkt bekommen hat und diesen Apfel zwei Wochen im Kühlschrank aufbewahrt hat. Dann wollte sie ihn essen. Sie hat ein Stück abgebissen und runtergeschluckt. Da hat sie bemerkt, dass zwischen dem Apfel und der Schokolade ganz viele weiße Maden waren," erzählt Brook, als die Zahnärztin für einen Moment ihre Zunge wieder aus Brooks Mund nimmt.

Die Zahnärztin hat einen Orgasmus. Brook bemerkt es daran, dass sie Brooks Hand wegschiebt und sich wehrt, als Brook versucht, sie wieder zwischen ihre Beine zu legen.

Jetzt ist Brook dran, doch der Zahnärztin tut bald die Hand weh. Sie schlägt vor, es aufzugeben, legt einen Geldschein neben das Buch auf dem Nachttisch und geht ins Bad. Brook Steinberg zieht sich an, nimmt das Buch, schiebt den Geldschein zwischen die Seiten, steckt das Buch mit dem Geldschein in ihren Rucksack und geht.

Kapitel 5: Zeit verlieren

1

Als Brook Steinberg das Hotel verlässt, hat sie Hunger. Sie isst einen Döner und geht durch die Straßen. Die Luft ist mild, es riecht nach Sommer. Trotzdem ist ihr kalt. Kommt wohl daher, dass sie müde ist, erschöpft. Nach Hause will sie trotzdem nicht.

In Tyans Bus gibt es keine Heizung und keinen Strom. Aber Kerzen und einen Campingkocher, eine Wärmflasche und Wasser. Abgestandenes Wasser. Aber gut genug für eine Wärmflasche.

Die Wärmflasche liegt unter der warmen Wolldecke. Die Decke ist staubig, von Motten zerfressen, aber gut genug für eine Nacht. Mit klammen Fingern nimmt sie das Buch der Zahnärztin aus dem Rucksack, zieht den Geldschein heraus, betrachtet ihn eine Weile, lässt ihn zwischen ihren Fingern knistern. Dann steckt sie ihn in die Vordertasche ihres Rucksacks und wendet sich dem Buch zu. Ein roter Leineneinband ohne Titel. Auch auf dem Buchrücken steht nichts, weder der Titel noch die Autorin. Brook blättert in dem Buch. Komisch, das ganze Buch scheint nur aus leeren Blättern zu bestehen. Ein noch unbenutztes Tage- oder Notizbuch? Sie hätte schwören können, die Zahnärztin hat darin gelesen. Brook Steinberg legt das Buch neben sich auf das Bett und schließt für ein paar Momente die Augen. Dann schlägt sie das Buch auf der ersten Seite auf. Nur ein Satz steht da: *Es war einmal ein kleines Mädchen, das fing immer an zu weinen, wenn jemand sang: Und der Himmel hängt voller Geigen.*

Brook Steinberg lässt das Buch auf den Boden fallen, so als hätte es Feuer gefangen. Im gleichen Atemzug bläst sie die Kerze aus. Nein, Steinberg kann es sich nicht erklären, wie dieser eine Satz und nur dieser Satz in das Buch der Zahnärztin gekommen ist. Sie will es auch nicht erklären. Sie will nicht einmal daran denken. So liegt sie nun im Dunkeln und fühlt sich plötzlich so einsam, so allein, so verlassen, dass sie weinen muss.

Sie sehnt sich nach Tyan, doch Tyan liegt in einer Nuss begraben. Brook nimmt den Nussknacker zur Hand und bricht die Nuss auf. Ein Schrei. Die Nuss fliegt in Richtung Fenster. Aber es sind gar keine weißen Maden. Nur ein bisschen vermoderte Nuss, versucht Tyan Brook zu beruhigen, nimmt sie sogar in den Arm, krault ihren Nacken. Brooks Herz klopft bis in den Kopf. Brook lächelt, lacht. Nein, es ist ja nichts. Es ist alles in Ordnung.

Nur – jetzt liegt Tyan doch in dieser vermoderten Nuss begraben und kleine weiße Maden haben ihr die Augen aus- und das Fleisch vom Gesicht gefressen. Das geschieht mit uns allen. Früher oder später enden wir alle als Madenfutter. *Und der Himmel hängt voller Geigen,* summt Brook vor sich hin. Aber leise, damit niemand lacht.

Ein Schlafzimmer mit einem Ehebett. Ein Kleiderschrank. Und ein kleines Gitterbett in der Ecke am Fußende des Ehebetts. Ein großes Bild mit einer Krippe und kleinen fetten Babyengeln auf dem Krippendach. Blick zur Flurtür, zur Wohnzimmertür gegenüber. Mutter sitzt vor dem Fernseher. Und dann ist es Nacht. Komische Geräusche. So als geschähen schreckliche Dinge. Etwas wälzt sich im Dämmerlicht. Weiß und eklig. Der Tod ist gekommen und frisst der Mutter die Augen weg. Der Mutter und dem kleinen Mädchen. Und das ist nicht mal gelogen. Das kleine Mädchen wäre tatsächlich fast gestorben.

Madenfutter.

Und der Himmel hängt voller Geigen.

Was sind Geigen? Was für merkwürdige, unheimliche, schreckliche, unbekannte Dinge hängen da am Himmel, verdunkeln die Sonne, verkünden den Weltuntergang.

„Du stellst Fragen, deren Antworten so offensichtlich sind, dass es dafür nicht einmal Worte gibt. Wozu etwas aussprechen, was sich von selbst versteht?" Cat.

2

Ist es das, was mit den Menschen hier ständig geschieht? Sie verschwinden und tauchen einfach irgendwann einmal wieder auf, ohne zu wissen, was mit ihnen in der Zeit ihrer Abwesenheit geschehen ist, um dann schließlich endgültig zu verschwinden?

Jetzt verschwinden also nicht mehr nur Menschen, jetzt verschwindet also auch einfach so ein Stück Zeit. Ein Stück von Brooks Leben blieb ungelebt, hat einfach nicht stattgefunden. Am Tag vorher war es noch Sommer, der 18. Juli, am Tag darauf ist es schon November. Der 11. November. Dieser Meinung ist zumindest Brooks Uhr. Und auch die Temperaturen passen eher zu November als zu August. Aber war es nicht auch gestern Nacht schon so kalt? Und wieso trägt Brook ihren dicken Wintermantel, hat ihren Schal bei sich und ihre Mütze.

Brook wacht auf. Es ist Tag. Brook streckt sich. Dabei berührt ihr linker Fuß etwas Kaltes. Die abgekühlte Wärmflasche. Auf dem Tischchen vor dem Fenster liegt das Buch der Zahnärztin. War es falsch von Brook, es einfach mitzunehmen, hätte sie dafür nicht den Geldschein liegen lassen müssen? Und ist es nun ein Buch über Zähne oder nicht?

Brook zieht sich Schuhe, Mantel und Schal an, die ganze Zeit mit dem vagen Gefühl, dass irgend etwas nicht stimmt. Sie schaut auf die Uhr. Kurz nach zehn. Im Stehcafé einen heißen Kakao trinken. Die Wärme beruhigt ein wenig den mulmigen Magen. Viertel vor zehn sagt die Säulenuhr draußen auf dem Gehsteig. Genau eine Stunde weniger, als Brooks Armbanduhr anzeigt. 11. November? Soll schon vorgekommen sein, dass Leute ihr Gedächtnis verloren haben. Aber die wussten dann auch nicht mehr, wer sie sind, oder? Wie kann es bloß über Nacht so kalt werden?

Zu Hause in Brooks Wohnung klingelt das Telefon. Sandbau. „Wo bleibst du denn!? Es ist schon nach elf. Bist du krank? Ich hab den ganzen Morgen versucht, dich zu erreichen. Wir haben viel zu tun. Kommst du noch?"

„Nein, ich ... Ich hab Migräne ... Hab geschlafen, das Telefon nicht gehört ..."

„Seit wann hast du denn Migräne?"

„Wenn ich meine Tage hab, weißt du ..."

„Kommst du denn morgen? Wenn nicht, werd ich eine Aushilfssekretärin suchen müssen."

„Ja, morgen ist es bestimmt wieder besser. Ich komme morgen ganz sicher."

„Na, dann gute Besserung."

Erst mal einen Kaffee kochen. Wo zum Henker ist das Feuerzeug! In irgendeiner Schublade findet Brook ein leeres, aber das ist gut genug, um das Gas anzuzünden. Ein Funken reicht ja. Und dann gleich eine Zigarette rauchen, an der Gasflamme anzünden. Und wo ist jetzt die Thermoskanne. Na dann eben nicht die Thermoskanne, sondern die Glaskanne. Auf dem Bett liegen, die Zigarette zu Ende rauchen, nachdenken.

Auf dem Schaukelstuhl hat sich was bewegt. Da liegt eine kleine getigerte Katze und leckt sich die Pfote. Aber natürlich. Brook hat ja auch Katzen. Katzen und Kinder.

Es ist kalt hier. Vielleicht sollte Brook sich eine Wärmflasche machen. Und natürlich, es gibt hier ja auch Öfen. Sie kann ja auch heizen. Sogar genug Briketts sind da. Grade als Brook das Papier anzündet, pfeift der Wasserkessel. Plötzlich fällt ihr auf, dass sie ein Feuerzeug in der Hand hält. Es lag wohl auf dem Regal neben dem Ofen.

Brook gießt das Kaffeewasser auf. Es bleibt ein Rest übrig für die Wärmflasche. Sie legt die Wärmflasche ans Fußende des Bettes und macht sich auf den Weg zum Klo. Auf dem

Weg zur Kloschüssel an der Badewanne vorbei blickt Brook in den Spiegel. Sie sieht müde aus.

Auf der Kloschüssel sitzend, eine weitere Zigarette im Mund, blickt Brook aus dem Fenster. Reif liegt auf den Dächern. Etwas Kaltes berührt Brooks linken Oberschenkel. Brook zuckt zusammen, schlägt es weg. Brooks Blick geht dorthin, wo sie vermutet, dass es hingefallen ist. Etwas Weißes klebt auf dem Schwingdeckel des Badezimmerabfalleimers. Eine Made.

Brook stößt einen Schrei aus und rennt an der Badewanne vorbei in ihr Wohnzimmer, so schnell sie eben kann mit den Hosen an den Knöcheln. Urin läuft in schmalen Streifen an der Innenseite der Schenkel bis zu den Waden und dann in die Hausschuhe. Brook übergibt sich neben dem Telefon.

Es dauert eine Weile, bis sie sich so weit beruhigt hat, dass sie zum Telefonhörer greifen kann. Während sie auf Terry wartet, versucht sie krampfhaft, nicht zur Tür zu blicken. Wenn sie den Mut gehabt hätte, noch einmal in die Nähe des Badezimmers zu kommen, hätte sie die Wohnung so schnell wie möglich verlassen. Aber sie sitzt starr vor Furcht auf dem Sofa und versucht, auch das stetige Klopfen zu überhören, das kurz nach ihrem Telefonanruf im kleinen Zimmer begonnen hat, laut zu werden.

3

Terry ist gekommen und hat die Polizei gerufen. Terry hat Hugo und Carol aus dem Schrank befreit. Hugo, Carol und Cat sind abgehauen aus dem Krankenhaus, in dem doch nur versucht wurde, ihnen zu helfen, sagt die Polizei. Nun ist Cat an ihrer Krankheit gestorben, und Brook muss sich nun fragen, ob das alles nicht ihre Schuld ist. Hätte sie die Kinder ins Krankenhaus zurückgebracht, wären sie jetzt vielleicht noch am Leben. Carol und Hugo werden wieder ins Krankenhaus gebracht, Brook in einen Raum mit einem Schreibtisch.

Was ist mit Cat passiert? Carol kann nichts gesehen haben. Hugo kann nicht sagen, was er gesehen hat. Bleibt also nur Brook. Was also hat Brook gesehen?

Einen Brocken vermodertes Fleisch in der Badewanne, der angeblich einmal Cat gewesen ist, und von dem Brook sich nicht erklären kann, wie er da hin gekommen ist.

Brook ist schlecht. Der Kaffee in der Tasse in dieser fahlen Hand schwappt über den Rand und macht Kaffeeflecken auf diesem breiten Oberschenkel direkt unter Brooks Blick. Brook würde gerne sagen, dass sie keinen blassen Schimmer hat, was geschehen ist, dass sie nicht wusste, dass Cat so krank war, dass nicht sie es war, die Carol und Hugo in den Kleiderschrank gesperrt hat, dass sie nicht einmal wusste, dass sie einen Kleiderschrank besitzt, sie wusste ja nicht einmal, dass jetzt schon November ist, sie hat heute morgen noch angenommen, es ist Juli, obwohl ja alle Anzeichen dagegen sprachen, zumindest kann sie sich absolut nicht erklären, wie es so plötzlich November geworden ist.

Brook würde gerne so vieles erzählen, aber Brook kann ihren Mund nicht finden. Sie weiß natürlich schon so ungefähr, wo ihr Mund sich befindet, aber es gelingt ihr nicht, Kontakt aufzunehmen mit diesem Mund, diesen Stimmbändern, diesem Kehlkopf und sie zu veranlassen, die notwendigen Laute hervorzubringen. Da klappert nur irgendetwas so laut unter Brooks Nase. Und plötzlich kriecht so etwas hoch, etwas Schweres, kriecht irgendwo in Brook hinauf ... Und im nächsten Moment sieht sie den Fußboden auf sich zukommen. Dann ist für kurze Zeit Ruhe.

4

Brook wacht auf. Sie liegt in einem fremden Bett und hat von einem Kind geträumt, das den Kopf verloren hat. Das Bett und das Zimmer, in dem das Bett steht, sind Brook fremd. Links von ihr ist eine Tür und rechts ein Fenster. Es ist Tag.

Und es schneit. Neben der Tür ist ein Vorhang. Der Vorhang ist offen und gibt den Blick frei auf ein Waschbecken mit einem Spiegel darüber und einem Spind daneben. Der Vorhang hat wie der Spind die Farbe von hellem Tabak.

Hugo ist gestorben, erzählt die Krankenschwester, die die Pillenschale bringt. Er hatte einen Tumor im Kopf. Von Carol weiß sie nichts. Nach einer Woche kommt ein Brief von der Anwältin von Cats Mutter und kurz darauf auch vom Gericht oder so ... Brook soll vor Gericht gestellt werden, so ganz wird Brook aus den Briefen nicht schlau. Von den Pillen fühlt sie sich stumpf und unfähig, klar zu denken. Aber Terry sagt, es ist, weil Cat gestorben ist und Brook nicht versucht hat, es zu verhindern.

Eine Ärztin spricht mit Brook, möchte wissen, was tatsächlich geschehen ist. Brook erzählt ihr ein paar Dinge aus ihrem Leben, stockend zwar, aber immerhin. Und sie äußert den Wunsch, wieder nach Hause zu kommen. Sie will nicht mehr länger hierbleiben. Die Ärztin nickt und lächelt und nickt noch einmal.

Brook liegt wieder in diesem Bett in dem Zimmer mit dem tabakfarbenen Vorhang. Am Tisch vor dem Fenster sitzt Joanna Bach und studiert. Brook würde gerne von ihr getröstet werden, wenn ihr auch nicht klar ist, weswegen. Aber sie möchte Joanna nicht belästigen. Außerdem hat Joanna ihr erzählt, die anderen wären ziemlich sauer, weil sie den ganzen Tag nur in diesem Bett liegt und auf die leeren Seiten dieses merkwürdigen Buches starrt.

„Welche anderen denn?", hat Brook gefragt, aber Joanna hat nicht geantwortet, sondern nur gesagt: „Warum schreibst du nicht an deine Ärztin?" und sich wieder ihren Büchern zugewandt.

„Warum soll ich an meine Ärztin schreiben?" fragt Brook, „Ich kenne sie ja noch nicht einmal."

„Weil sie so nett zu dir war," antwortet Joanna.

Liebe Zahnärztin!

Joe hat mir gesagt, ich soll an Dich schreiben, weil Du so nett zu mir warst und dafür gesorgt hast, dass ich nicht ins Gefängnis muss. Stattdessen wohne ich jetzt im neunzehnten Stock eines Hochhauses in einem Zimmer auf einer Matratze. Außer der Matratze gibt es nichts in dem Zimmer. Nicht einmal etwas zu essen. Aber ich hab auch keinen Hunger. Das Hochhaus und die Gegend, in der es steht, sind enorm hässlich. Außerdem ist das Hochhaus furchtbar brüchig. Ich habe Angst, es wird zusammenfallen. Überhaupt hab ich das Gefühl, es wird ein Unheil geschehen ...

Bevor Brook den Brief an die Ärztin beenden kann, öffnet sich die Fahrstuhltür und zwei Soldatinnen mit einem Koffer betreten Brooks Zimmer. Brook wundert sich, wieso zu ihrem Zimmer eine Fahrstuhltür führt, aber nur für einen Moment, dann schreibt sie weiter an ihrem Brief ...

... Ich weiß schon, dass Du versucht hast, gut zu mir zu sein und dass du nur mein bestes wolltest, aber das ändert nichts daran, dass ICH EINFACH FURCHTBAR UNGLÜCKLICH UND VERZWEIFELT BIN!

„Das darfst du nicht schreiben", sagt eine der Soldatinnen. „Das gehört sich nicht! Wenn jemand sich solche Mühe gegeben hat, Dich glücklich zu machen, dann MUSST Du glücklich sein!"

Brook schüttelt den Kopf.

Eine der Soldatinnen drückt auf einen Fahrstuhlknopf und das Zimmer setzt sich in Bewegung. Es fährt an den Rückseiten der Häuser vorbei wie ein Zug. Aber die Menschen, die in diesen Häusern wohnen, sind nur für einen Augenblick zu sehen. Nachdem das Zimmer wieder zum Stehen kommt, erzählt die Soldatin, wie gefährlich es ist, zu tun, was sie eben getan hat. Dabei könnten Menschen sterben.

„Dann ist es besser, es nicht mehr zu tun. Warum hast du es dann überhaupt getan?", fragt Brook.

Aber die Soldatin antwortet nicht. Sie überreicht Brook den Einberufungsbefehl. Doch Brook öffnet ihn nicht. Sie legt den

Umschlag auf die Matratze, zieht in das Zimmer nebenan und schreibt weiter an ihrem Brief:

Ich entdecke soeben, dass aus Zimmern Fahrstühle und Züge werden können. Wenn ich einen Knopf drücke, fährt das Zimmer nach oben. Drücke ich einen anderen, fährt es zur Seite. Und dann kann ich durch Fenster in andere Zimmer sehen. In einem Zimmer sehe ich ein kleines Mädchen, das auf einen Baum klettert, ein Nest mit kleinen frisch geborenen Vögeln herunterholt und die Vögel in einem Spielzeugeimer ertränkt. In einem anderen Zimmer sehe ich das selbe Mädchen, wie es an einer Straßenecke ein anderes, kleineres Mädchen überfällt, ihr eine Tüte Schokoküsse aus der Hand reißt, sie auf den Boden wirft und mit den Füßen zerquetscht. Im dritten Zimmer, das selbe große Mädchen und ein kleiner Junge. Der Junge liegt auf dem Boden im Dreck. Und das Mädchen tritt ihm in den Rücken, in den Bauch ...

Ich habe den anderen davon erzählt. Sie glauben mir nicht und ich muss es vorführen, aber da funktioniert es schon nicht mehr. Also habe ich versucht, es zu beschreiben. Aber sie meinen nur, ich soll mir nicht so viele Gedanken darüber machen, es ist schließlich schon ewig her, und ich war damals doch noch ein kleines Mädchen. Ich hätte jemanden töten können, sie würden das Gleiche sagen. Vielleicht habe ich ja jemanden getötet. Wer weiß, wie dieses Kind seinen Kopf verloren hat, wie Hugo und Carol wirklich gestorben sind? Und wer weiß schon von Esther?

Die Strafe wird kommen. Es wird etwas Böses geschehen. In allem sehe ich Zeichen, die auf etwas Schreckliches hindeuten. Vielleicht lege ich in diese Dinge einfach zuviel hinein. Aber ich habe wirklich Angst. Ich sehe dieses riesige Haus brüchig werden. Ich will nicht in den Krieg ziehen ...

Brook legt den Stift weg, faltet das Papier, hebt den Kopf, schaut sich um. Niemand ist da. Keine Soldatinnen, keine Joanna Bach, nicht einmal ihre Bettnachbarin. Ist wahrscheinlich im Aufenthaltsraum und raucht. Joanna Bach kann gar nicht hier sein, ist verschwunden, weg, wird nie wieder kommen. Und Soldatinnen gibt es nur im Krieg. Und hier ist kein Krieg, nur ein Krankenhaus. Fängt beides mit K an und macht trotzdem einen Unterschied. Du bist allein, Brook. A L L E I N. Kapiert!!!! Also reiß dich zusammen! Hol dich hier raus! Finde einen Weg!

Kapitel 6: Seitenwechsel

1

Sandbau will, dass im Büro nicht mehr geraucht wird. Also lässt Brook das Päckchen Tabak auf dem Buchdeckel liegen, wenn sie sich früh morgens auf den Weg in die Detektei macht. Brook ist jetzt eine Detektivin von vielen. Eine von vielen, die ausschwärmen, zu Fuß oder auf Fahrrädern, Menschen bespitzeln, um herauszufinden, ob sich ihr Weiterleben lohnt. Auf dem Regal stehen mit großen schwarzen Buchstaben auf eitergelbem Grund beschriftete, alphabetisch sortierte Aktenordner. Die Kaffeemaschine blubbert vor sich hin. Brook Steinberg sitzt vor dem Monitor und schreibt einen Bericht über Agathe Klein. Agathe Klein hat manchmal Mühe, die Treppen zu ihrer Wohnung im vierten Stock rauf oder runter zu gehen. Agathe Klein vergisst hin und wieder etwas. Agathe Klein braucht zu viel Platz, den andere viel dringender brauchen, andere, die vieles können, was Agathe Klein nicht mehr kann. Agathe Klein kann nicht mehr Tapeten kleben, Staubleisten streichen. Sie ist nicht einmal mehr dazu in der Lage, Kohlen vom Keller in ihre Wohnung zu tragen. Deswegen kann sie auch nicht heizen. Deswegen liegt sie fast den ganzen Tag nur im Bett. In Agathe Kleins Wohnung stinkt es nach Tod. Ergo: Agathe Klein muss verschwinden!

Brook hat keine Ahnung, wie. Damit hat sie nichts zu tun. Außerdem geht es sie nichts an. Brook Steinberg ist viel zu beschäftigt. Sie schreibt Briefe an Makler und Hausverwaltungen, die in Zeitungen Wohnungen inserieren. Ihre Wohnung ist plötzlich verschwunden, hat Sandbau ihr erzählt. Hat sich in Luft aufgelöst. „So ist das Leben", hat Sandbau gesagt, bevor sie in ihren Umzugswagen gestiegen ist. Wo Sandbau jetzt wohl hingezogen ist? Brook Steinberg hat keinen blassen Schimmer. Gestern Abend gabs Katzenbraten.

2

Warum hat Brook die Seiten gewechselt?

Sie hat es lange mitgemacht, die Arbeit in der Detektei, die Spitzeldienste und das Verschwinden.

Verschwinden?

Das Verschwinden von Menschen und Dingen, von Zeit – gewissermaßen von Leben. Okay, sie war ziemlich fertig, zu der Zeit, sie hat nicht mehr viel zustande gebracht, mal abgesehen von der Arbeit in der Detektei. Sie wollte nicht verschwinden. Aber ist das eine Rechtfertigung? Sie wollte nicht sterben, aber hat es auch nicht verstanden zu leben. Nein, so ganz geglaubt hat sie ihnen nie. Obwohl – da war schon etwas in ihr, was immer wieder Partei ergriff dafür, dass es manchen einfach nicht gestattet sein sollte, weiter zu existieren. Wenn das nicht dagewesen wäre, vielleicht hätte sie früher versucht zu fliehen. Es hätte die Sache einfacher gemacht, mit ganzer Kraft bei der Flucht zu sein. Ein schlechtes Gewissen, zu bleiben, ein anderes schlechtes Gewissen, zu gehen, eins genauso stark wie das andere. Aber darüber hinaus noch eine große Ladung Ekel und Wut, der Drang zu entkommen, der Wunsch zu leben und ein Gefühl für die Leute, denen es nicht gestattet sein sollte zu leben.

Ein Gefühl für die Leute?

Ach, einfach eine ganz große Mischung von irgendwas. Und irgendwann hat sie dann versucht zu fliehen – aber nur mit halber Kraft. Und dass es ihr schließlich gelungen ist, hat sie sicherlich nicht sich selbst zu verdanken. Sie haben ihr misstraut, all die anderen Schnüfflerinnen. Mit Recht, wie sich schließlich herausstellte.

Sie haben sie eingesperrt?

Sie haben sie in den Innendienst versetzt. Ablage, Schreibarbeiten und so weiter.

Das hat dann den Ausschlag gegeben?

Seien wir ehrlich, den Ausschlag gegeben hat, dass es verboten wurde, in den Büroräumen zu rauchen. Da ist sie dann abgehauen. Durchs Fenster.

War das nicht gefährlich?

Das Fenster befand sich im Erdgeschoss. Und sie hat es nicht mal geschickt gemacht, hat einfach einen Moment der Unaufmerksamkeit abgewartet und ist dann raus. Es war sogar tagsüber, das Büro war voller Leute. Natürlich sind sie ihr gefolgt.

Aber sie haben sie nicht mehr zu fassen bekommen?

Sie ist in das große Gebäude gegenüber geflohen, ein Museum für Kommunikationstechnik. Gefolgt von einer ganzen Horde Agenten. Agenten wie aus dem Bilderbuch, so wie sie selbst im Grunde auch. Grau von oben bis unten. Graue Mäntel, graue Hosen, grauer Hut.

Und? Haben sie sie nun erwischt oder nicht?

Sie ist durch die großen Hallen geirrt, von einer zur nächsten, ohne Sinn und Verstand, und irgendwann fiel ihr auf, dass sie allein war.

Die Verfolger waren abgehängt?

Es war ein Werktag und nicht sehr viel los im Museum. Sie stand an eine rote Telefonzelle gelehnt und holte Luft. Nicht lange, da stand schon einer neben ihr, ein Grauer, fasste sie am Arm, und da war auch schon ein zweiter, fasste sie unter den zweiten Arm, zischte ein halblautes „pscht!“, und beide schoben sie in die rote Telefonzelle und drückten sie zu Boden. Dort lag sie eine Weile, ehe sie sie wieder herausholten, in einen grauen Mercedes schoben und zu diesem Haus fuhren.

So einfach ist es also, die Seiten zu wechseln?

3

Es heißt, alles ist Tarnung. Die graue Kleidung, die Umzugswagen mit der Werbung für die Autovermietung. Die Kaffeefabrik, in deren Kaffeesilos mitten unter den schon gerösteten Kaffeebohnen, Bohnen ganz anderer Art versteckt sind. So stellt Brook es sich jedenfalls vor.

Tatsache ist, dass sie einmal die Woche mit zwei anderen Frauen zum Kaffee holen eingeteilt ist. Zwei Paletten Kaffee, gemahlen und vakuumverpackt. Ein gefährliches Unterfangen. Vor einer Woche hat sich eine Frau dabei verletzt. Ein Gabelstapler ist ihr über den Fuß gefahren. Gebrochen.

Sonst verbringt Brook ihre Tage in der Autovermietung, und hin und wieder beim Schießen oder Kampfsport. Und wenn sie so hinter der Theke steht und den Leuten die Verträge rüberschiebt oder ihnen zeigt, wo die Wagen abgestellt sind, vergisst sie fast schon, warum sie eigentlich hier ist.

Brook rührt schweigend in dem großen Topf Linsen. Sie ist heute mit dem Kochen dran, eigentlich zusammen mit der Frau mit dem gebrochenen Fuß. Doch die Frau sitzt nur am Tisch, ein Buch vor sich, in dem sie nicht liest, den gebrochenen Fuß auf einem Stuhl.

„Hast du was an deinen Händen? Du könntest doch Gemüse schneiden oder so."

Und noch bevor Brook antworten kann, dass die Frau doch schon die Kartoffeln und Möhren für den Linseneintopf geschält und geschnitten hat, ist Terry schon wieder verschwunden.

Die Frau war Pfarrerin. Brook erinnert sich noch genau, wie sie da stand beim Vorstellungsgespräch, schmal und nicht besonders groß, mit schönen großen blaugrünen Augen, und wie ihre Blicke sich zufällig trafen. Eine Frau war verschwunden und Ersatz wurde gebraucht. Die anderen waren sich einig und wollten sie haben. Nur Terry hat lange überlegt. Aber das

Zimmer war frei und musste besetzt werden, wenn nötig auch mit zweiter Wahl. Aber eine Pfarrerin!?

Brook wird mit der Pfarrerin zum Wacheschieben eingeteilt.

Beim ersten Mal erzählt die Pfarrerin viel. Beim zweiten Mal stellt Brook viele Fragen. Beim dritten Mal erzählt Brook der Pfarrerin die ganze Geschichte. Davon, wie sie sich in Joanna Bach verliebt hat, die dann plötzlich verschwand. Davon, wie sie in ihre eigene Detektei einbrechen musste, um den Schlüssel für ihr eigenes Auto zu stehlen und wie sich dann herausstellte, dass doch niemand eingebrochen hatte. Davon, wie sie in der Bäckerei Schwarzwälder Kirschtorte kaufen wollte, dann aber Kaffee verlangte. Davon, wie sie mit den Kindern Laurenzia tanzte und ein Lied sang, nachdem Esther gestorben war. Von der Leiche in ihrer Wohnung, die es dann doch nicht gab. Von der Zahnärztin, mit der sie ins Bett gegangen war, obwohl sie sie überhaupt nicht mochte. Davon, wie sie ein Stück Zeit und fast den Verstand verloren hat, als die Leiche wieder auftauchte und plötzlich Cat war.

Dann zeigt sie ihr das Buch der Zahnärztin. Und die Pfarrerin hört zu, schaut sich das Buch genau an, liest den ersten Satz und schweigt.

„Glaubst du, ich bin verrückt?"

Die Pfarrerin schüttelt den Kopf, sieht Brook an und sagt: „Es wird schon alles einen Sinn haben."

„Meinst du?" Brook atmet auf. Ihr ist plötzlich so leicht ums Herz und warm. Viel zu leicht und warm. So hat sie sich schon oft gefühlt und dann war doch wieder alles nicht wahr, hat sich in Luft aufgelöst, war ein Missverständnis, Brooks Irrtum ...

„Ich hab Angst", beginnt die Pfarrerin plötzlich zu sprechen, „dass es mit dir genauso ist wie mit allen anderen, dass du einfach nur zu jeder Gelegenheit deine Geschichte erzählst, und am Ende bedeutet es doch nichts ..."

„Was meinst du? Was soll es bedeuten?"

„Für uns, für das, was aus uns beiden wird. Ich meine, ich fürchte mich davor, dass du einfach nur redest und es bedeutet dir gar nichts, dass ich es bin, der du es erzählst, und es bewegt sich nichts, es bringt uns nicht weiter, verstehst du?"

Brook sagt eine Weile gar nichts, sieht die Pfarrerin nur an. Schließlich fasst sie sich ein Herz und sagt: „Vielleicht?"

4

Manchmal weiß Brook Steinberg nicht, warum sie eigentlich hier ist, warum sie morgens um fünf aufsteht, warum sie auf dem Boden herumkriecht, auf Zielscheiben schießt ... Aber sie traut sich nicht zu fragen.

„Jetzt können wir schießen und schlagen und treten, sogar brüllen haben wir gelernt. Die Munition ist da und die Gewehre, fehlt nur noch der Feind. Gibt's den überhaupt? Wofür oder wogegen kämpfen wir eigentlich. Gegen den Tod? Für das Leben? Gehört das nicht zusammen?" Die Pfarrerin trinkt Tee aus ihrer Lieblingstasse.

„Aber wir kämpfen doch gegen das Verschwinden, nicht gegen den Tod, sondern gegen das Verschwinden?" wirft Brook ein.

„Und – heißt das, wir hängen hier herum und warten darauf, dass das Verschwinden auftaucht, damit wir es sofort totschießen können, bevor es uns wieder entwischt?"

Brook sagt nichts. Und auch die Pfarrerin schweigt. Sie stellt ihre Tasse ab und widmet sich wieder ihrem Buch. Steinberg lehnt das Gewehr gegen die Fensterbank, schaut einen Augenblick nach draußen, ehe sie die Augen schließt und davon träumt, was sie mit der Pfarrerin alles machen wird, wenn nur erst der Krieg vorbei ist.

„Das ist genau das, was nicht passieren sollte", sagt Terry und zeigt auf die angelehnten Gewehre, „Dass ihr nicht mehr aufpasst, meine ich. Dass ihr zu träumen anfangt. Wisst ihr nicht, was alles passieren kann, wenn sie uns finden, sich anschleichen. Es braucht wirklich unsere ganze Aufmerksamkeit, sie rechtzeitig zu bemerken. Wir haben keine Zeit für Bücher und erst recht keine für Romanzen. Und knipst endlich das Licht aus! So könnt ihr da draußen ja gar nichts sehen."

Brook klemmt das Gewehr wieder zwischen ihre Knie und presst ihren Kopf an die Kante der Fensterbank. Die Pfarrerin lässt nervös das Buch fallen. Terry verlässt das Zimmer. Die Pfarrerin blickt ihr nach, die Stirn in Falten gelegt und mit einem Ausdruck um den Mund, von dem Brook nicht sicher weiß, ist es nun ein Grinsen oder ist es ein Ausdruck von Schmerz. Sie sieht jedenfalls müde aus. Und traurig. So traurig, dass es Brook den Magen zusammenzieht, dass sie sie zu sich ziehen, ihren Kopf in ihren Schoß legen, ihren Nacken streicheln möchte ...

In dem Moment, in dem die Pfarrerin sich wieder von der Tür weg und dem Fenster zuwendet, ist dieses merkwürdige Geräusch zu hören. Nur ein leises Scharren, nur für einen Moment. Brook löscht die Lampe auf dem Tisch. Beide Frauen springen auf, die Waffen im Anschlag. Etwas bewegt sich neben der Garagentür. Brook schiebt die Pfarrerin vom Fenster weg. Die beiden Frauen stehen eng nebeneinander. Plötzlich, ohne nachzudenken, nimmt Brook die Pfarrerin in den Arm. Ein paar Sekunden stehen sie so da, halten einander fest. Dann lösen sie sich voneinander und die Pfarrerin drückt den Alarmknopf.

5

Wie lange ist Brook jetzt schon unterwegs? Drei Tage? Vier Tage? Noch länger? Die Stadt hat sie schon nach ein paar Stunden hinter sich gelassen. Und so lange schon ist sie niemandem mehr begegnet, hat kein Haus mehr gesehen und keine Straße. So lange schon irrt sie durch diese Öde, die unendlich zu sein scheint. Nur ein paar Sträucher, hier und da. Und zum Glück auch immer wieder Wasserlöcher. Tagsüber brennt die Sonne heiß, dafür ist es nachts umso kälter. Natürlich, das kennt sie aus Filmen. Das ist an solchen Orten so.

Wenn sie wenigstens schlafen könnte, aber sie friert. Doch nicht nur die Kälte lässt sie nicht schlafen, es sind vor allem die Bilder. Bilder, wie sie da steht mit dem Gewehr im Anschlag, wie sie eigentlich schießen soll und es nicht kann. Wen hätte sie auch erschießen sollen? Und warum? Die Frau im Hof, die ihr Gewehr auf die Frau im Fenster richtet? Oder die Frau im Fenster, deren Gewehr auf die Frau im Hof zeigt? Vielleicht hätte Brook auf die Frau im Hof geschossen, sie hatte es wirklich vor. Doch dann sieht sie sich das Gesicht der Frau im Visier genauer an und erschrickt. Beinahe hätte sie Terry getötet. Also richtet Brook das Gewehr auf die Frau im Fenster. Aber die Frau im Fenster sieht genauso aus wie Terry, die genauso aussieht wie die Frau im Hof, die genauso aussieht wie die Frau im Fenster, die aussieht wie Terry ... Hin und her schwenkt Brook das Gewehr, immer schneller ... Sie dreht sich um nach der Pfarrerin, aber die Pfarrerin ist nicht mehr da, die Tür steht offen.

Brook wirft ihr Gewehr in die Ecke, rennt aus dem Zimmer, rennt aus dem Haus, durch den Hof, klettert auf die Mülltonnen und von den Mülltonnen auf die Mauer, springt auf der anderen Seite herunter, hört hinter sich die Schüsse, rennt durch den anderen Hof, durch den Hausflur auf die Straße, rennt ...

Brook Steinberg ist desertiert. Brook Steinberg hat die Pfarrerin und Terry und all die anderen im Stich gelassen. Brook Steinberg hat alles verloren.

Doch was hätte sie tun sollen? Welche Terry hätte sie erschießen sollen? Wie hätte sie beide retten können? Und was jetzt? Wohin jetzt? Es gibt nichts mehr. Nichts. Am besten nicht denken, am besten nur noch schlafen. Für immer und ewig schlafen.

6

Als Brook Steinberg erwacht, ist es Nacht und es bleibt Nacht. Es wird nicht mehr Tag, so sehr Brook auch fleht: *Komm raus Sonne. Lass es Tag werden. Brenne, verbrenn mir meinetwegen das Gehirn.* Es hilft nichts. Es bleibt Nacht.

Schließlich ist Brook ganz still, sitzt auf dem Boden, betrachtet den Halbmond und die funkelnden Sterne – wenigstens die gibt es noch – und fängt an zu träumen. Von der Pfarrerin, von Joanna Bach, von all den anderen, die sie verloren hat, für immer und ewig unwiederbringlich verloren. Es tut weh, daran zu denken. Irgendwo über der Magengegend fängt es ganz mörderisch an zu stechen.

Brook schüttelt den Kopf, rappelt sich vom Boden auf. Sie darf jetzt nicht daran denken. Sie muss einen Ausweg finden. Irgendeinen Weg muss es geben, irgendein Ziel, irgendetwas. Sie geht weiter, wie in Trance. Automatisch ein Bein vor das andere setzend, geht sie weiter – und findet tatsächlich ein Ziel.

Ein Fluss schlängelt sich durch die Öde. Der Mond und die Sterne glitzern im Wasser, treiben Brook wieder ein paar Tränen in die Augen, aber sie kämpft sie nieder, schluckt heftig. Sie muss einen klaren Kopf behalten. Drei Möglichkeiten gibt es. Sie könnte den Fluss durchschwimmen und auf der anderen Seite weitergehen. Sie könnte ihn entlang gehen und warten, bis sie zu einer Brücke gelangt. Sie könnte ihn entlang gehen bis zur Mündung.

Eine Weile sieht sie ihn sich genau an, diesen Fluss. Er ist breit. Das andere Ufer ist nur schemenhaft zu erkennen. Sicherlich ist er auch tief. Und wer weiß, was für Tiere in ihm leben. Womöglich gibt es Krokodile. Könnte doch sein, oder? Ist doch so schon alles unglaublich genug. Warum nicht auch noch Krokodile.

Brook entschließt sich, den Fluss stromabwärts entlang zu gehen. Irgendwohin wird das ganze schon führen. Irgendwohin ...

7

Brook ist verzweifelt, denn das ganze scheint nirgendwohin zu führen. Es ist noch immer Nacht. Der Fluss nimmt kein Ende. Brücken gibt es keine. Sie ist hungrig. Sie ist erschöpft, die Füße sind wund, die Schuhe hängen in Fetzen. Brook lässt sich auf den Boden fallen, liegt auf dem Rücken, betrachtet den Himmel, die funkelnden Sterne, den Mond, fühlt den Schmerz in sich hochsteigen und die Tränen. Sie denkt an die Pfarrerin, deren Lippen sie nie geküsst hat, deren Wärme sie nie mehr spüren wird. Und sie weint. Sie weint um die verschwundene Joanna Bach, die verlassene Carol, die toten Kinder, sogar um die ermordete Terry, sie weint um die ganze Welt, vielleicht sogar um Gott und am allermeisten weint sie um sich selbst.

Irgendwann hört sie auf zu weinen, richtet sich auf und betrachtet den Fluss. Sie zieht ihre Kleider aus und packt sie zu einem Bündel zusammen. Eine Weile noch sitzt sie am Ufer, redet sich Mut zu. Dann geht sie in den Fluss.

8

Brook schlägt ihre Augen auf und blinzelt. Die Sonne scheint auf ihre zerfetzten Schuhe. Ihr Oberkörper liegt im Schatten eines Baumes. Sie rappelt sich auf – noch etwas wackelig auf den Beinen, aber es geht – und schaut sich um. Bäume, Felder, eine Straße, schmal, aber asphaltiert. Ja, und natürlich der Fluss.

Wo wohl die Frau geblieben ist? Brook formt mit ihren Händen einen Trichter um ihren Mund: „Hallo!" Keine Antwort. Sie geht zur Straße, schaut sich um, erst in die eine Richtung, dann in die andere. „Hallo." Sie schaut an sich herunter. Nein, sie kann die Frau nicht geträumt haben, es muss sie wirklich gegeben haben. Sie trägt den Pullover, den die Frau für sie gestrickt hat, während sie im Fieber lag. Die Frau hat sich um Brook gekümmert, ihr die Hand gehalten, ihr zu trinken gegeben, sie warm zugedeckt, ja und ihr sogar einen Pullover gestrickt. Sie hat Brook gesund gepflegt. Ohne die Frau wäre sie jetzt womöglich nicht mehr am Leben. Nur, wo ist sie jetzt? Unterwegs, Beeren sammeln? Sich waschen im Fluss? Aber im Fluss ist niemand, jedenfalls nicht an dieser Stelle, und sie wäre doch bestimmt nicht weit gegangen.

Brook ist hungrig. Sie hat seit Tagen nichts mehr gegessen, hätte auch gar nichts essen können im Fieber. Sie konnte ja nicht einmal länger als ein paar Minuten wach bleiben. Die Augen sind ihr schnell wieder zugefallen und sie konnte ihr Herz schlagen hören, ganz laut und ganz schnell. Aber in den paar Sekunden, in denen sie die Augen offen hatte, konnte sie die Frau sehen. Nicht ihr Gesicht, dafür war es zu dunkel, aber manchmal einen Fuß, ihren Arm, ein Stück ihrer Hose. Aber sie konnte ihre Hand in der ihren spüren, hörte ihre Stimme, die beruhigend auf sie einredete: „Du schaffst es schon, Brook, du wirst schon wieder gesund, du bist eine große starke Frau, du schaffst das ..." Oft hat sie ihr auch etwas vorgesungen, sie hat eine schöne beruhigende Stimme.

Brook macht sich auf die Suche nach Nahrung. Ein paar Beeren gibt es bestimmt. Vielleicht gibt es sogar Kartoffeln im Acker über der Straße.

Kartoffeln findet sie nicht, dafür ein Maisfeld und ein paar Beeren in einem nahen Wald. Wieder zu ihrem alten Platz zurückgekehrt, sammelt sie Steine und Zweige für ein Feuer. In ihrer Jackentasche findet sie ein Päckchen Tabak und darin ein Feuerzeug. Aber sie zündet die Zweige noch nicht an. Sie wartet auf die Frau. Sie will die Maiskolben und Beeren mit ihr teilen.

Immer noch müde vom eben erst überstandenen Fieber legt sie sich noch ein bisschen zum Schlafen hin. Als sie wieder aufwacht, geht gerade die Sonne unter. Die Frau ist noch immer nicht da. Sie fühlt sich einsam. Sie sehnt sich nach der Stimme, der warmen Hand der Frau. Sie träumt von ihr, versucht, sich ein Bild von ihr zu machen. Komisch, dass sie die gleichen zerfetzten Schuhe trug wie Brook und die gleichen Jeans mit den Reißverschlüssen unten an den Hosenbeinen und das gleiche karierte Hemd. Komisch, dass sie die gleichen kleinen Hände hat wie Brook und die gleichen brüchigen Fingernägel ...

Brook zündet mit dem Feuerzeug die Zweige an, die sie in einem Steinkreis aufeinander geschichtet hat. Es ist schwer, das Feuer in Gang zu halten, die Zweige sind noch nicht trocken genug, doch nach einer Weile brennt es stetig vor sich hin. Sie legt die Maiskolben ins Feuer und fischt sie nach einer Weile mit Stöcken wieder heraus. Die Maiskolben schmecken köstlich. Sie sind überhaupt das Beste, was Brook jemals gegessen hat. Jetzt könnte sie glücklich sein, satt und glücklich am Feuer unter funkelnden Sternen. Wenn nur die Frau hier wäre. Brook vermisst sie schmerzhaft. Schon wieder eine, die verschwunden ist, noch bevor sie sie richtig kennenlernen konnte, noch bevor sie mit ihr glücklich werden konnte.

Sie weint eine Weile vor sich hin. Dann fängt sie an zu singen. Sie singt bis spät in die Nacht, singt gegen die Einsamkeit und die Angst, singt sich in den Schlaf. Dann liegt sie da auf der Erde, satt und warm, die Reste des Feuers knistern leise vor sich hin, da hört sie sie flüstern, die Frau. Sie weiß gar nicht, wo die Stimme herkommt. Sie scheint überall zu sein, in ihr drin und um sie herum. „Ich bin doch hier, Brook", sagt sie, „hier bei dir, hier wo ich schon immer war und immer sein werde, so lange es dich gibt, hier, bei dir, Brook Steinberg ..."

9

Die Bäuerin stellt die Milch und eine Schüssel mit Pellkartoffeln vor Brook auf den Tisch und lächelt freundlich. „Butter?" Brook greift schüchtern nach dem Geldbeutel in ihrer

Jackentasche, öffnet ihn, versucht abzuschätzen, wieviel Geld sie noch hat. Viel kann es nicht sein. Sie schüttelt den Kopf, nein, keine Butter.

„Und wenn es nichts kostet?"

Brook versteht nicht.

„Es kostet nichts. Es ist umsonst." Die Bäuerin stellt die Butter neben die Schüssel mit den Kartoffeln.

„Danke."

„Na, nun essen Sie. Sie haben doch Hunger, also essen Sie." Die Bäuerin legt ihre Hand für einen Augenblick auf Brooks Ärmel, lächelt ihr aufmunternd zu und geht aus dem Zimmer.

Ganz unerwartet war das Bauernhaus hinter der Kurve aufgetaucht. Nur ein Glas Milch, hat Brook gedacht und nach ihrem Geldbeutel getastet. Ja, für ein Glas Milch wird es schon noch reichen. Und jetzt ...

Steinberg hat die Kartoffeln aufgegessen, die Milch ausgetrunken und ist satt. Und nicht nur das. Während des Essens ist ihr eine Idee gekommen, die Idee überhaupt, ihre Rettung ... Sie will hierbleiben, die Bäuerin fragen, ob sie nicht Arbeit für sie hat, Brook will für immer und ewig, zumindest für den Rest ihres Lebens, an diesem Ort bleiben.

Die Bäuerin legt Brook wieder die warme Hand auf den Arm und schüttelt den Kopf. Nein, eine Magd braucht sie nicht, sie kann sich keine leisten, mit der Arbeit kommt sie ganz gut alleine klar. Und dann steckt sie Brook ein paar Äpfel in die Taschen und schickt sie in die Welt.

10

Noch ein paar Tage ist Brook unterwegs, dann erreicht sie das Meer. Sie hört sein Rauschen, sieht, wie es gegen die Felsen brandet – und sie spürt nichts. Sie setzt sich in den gelben Sand am Strand und schlägt die Hände vors Gesicht. Die Sonne brennt, doch sie spürt es nicht, der Wind bläst um ihren Kopf und täuscht sie. Täuscht Kühle vor, die es nicht gibt.

Brook Steinberg nimmt die Hände vom Gesicht und schaut sie sich an. Es sind zerstörte Hände, die Haut hängt in Fetzen. Wahrscheinlich sieht ihr Gesicht genauso aus. Sie versucht es zu ertasten, aber es geht nicht, sie fühlt nichts. Und einen Spiegel gibt es nicht. Aber Wasser, erinnert sie sich, ein kleiner See, der sich am Strand gebildet hat. Nur verschwommen kann sie sie erkennen, die Wunden und Narben, die Zerstörung. Der Wind bläst Falten in die Wasseroberfläche.

Brook steht auf und geht zum Meer. Sie zieht ihre Kleider nicht aus, auch nicht ihre Schuhe. Sie will verschwinden, verschluckt werden vom riesigen weiten Meer. Ihr steht das Wasser schon bis zur Hüfte, aber sie geht weiter, unbeirrt, entschlossen. Sie leistet den Wellen Widerstand, die versuchen, sie umzuwerfen und an Land zurück zu spülen.

Schließlich verliert sie den Boden unter den Füßen, eine Welle schwappt über ihrem Kopf zusammen, sie schluckt Wasser. Aber sie geht nicht unter. Sie schwimmt. Und die Frau mit der schönen Stimme, die ihr durch das Fieber geholfen hat, lacht.

„Ist es nicht herrlich, im Meer zu schwimmen!"

Ja, es ist herrlich. Trotz der schweren nassen Kleider fühlt sie sich so leicht. Wenn sie sie auszieht, wird sie sich noch leichter fühlen. Und es ist so wunderschön, wie der gelbe Sand in der Sonne leuchtet. Sie kann die Dünen sehen und die Bäume dahinter, und wundert sich darüber, wo sie doch kurzsichtig ist. Aber sie trägt ja noch ihre Brille. Sie lacht.

Noch während sie lacht, sieht sie dort am Strand jemanden stehen. Sie legt ihre Hand an die Stirn, schirmt die Augen gegen die Sonne ab. Sie schwimmt ein Stück in Richtung Strand und schaut noch einmal. Es ist eine Frau, die dort steht, eine Frau, die Brook Steinberg kennt.

Ganz außer Atem steht Brook Steinberg vor der Pfarrerin. „Warum bist du nur weggelaufen?" fragt die Pfarrerin.

Brook Steinberg zuckt mit den Schultern.

„Wir haben dich so lange gesucht."

„Wir?" fragt Brook und schaut sich um.

Die Pfarrerin zeigt mit dem Finger auf eine Gruppe Menschen, weit entfernt unter einem Baum: „Terry ist auch dabei."

„Terry?"

„Ja, sie hätte sich beinahe erschossen. Ich konnte es gerade noch verhindern. Sie hat sich ziemlich verändert. Du wirst kaum glauben, dass das Terry ist. Sie ist richtig nett geworden." Die Pfarrerin lacht. „Ach, Brook." Die Pfarrerin geht einen Schritt auf Brook zu. „Ich hatte schon Angst, wir hätten dich verloren, gerade jetzt, wo doch alles erst anfängt."

„Wo alles anfängt?"

„Ja, sieh her!" Die Pfarrerin zeigt Brook das Buch der Zahnärztin. *Brooks Haus* steht auf dem roten Deckel. Die Pfarrerin hält es Brook hin und blättert darin. Die ersten fünfzig Seiten sind dicht bedruckt, „Du musst es zu Ende bringen! Keine sieht die Dinge so wie du. Wir brauchen dich. – Ich brauche dich." Die Pfarrerin lächelt, dann nimmt sie Brooks Hand und sagt: „Komm!"